CADMOS *Home* STORIES

jenny und MAMBO

CADMOS

Autorin und Verlag haben den Inhalt dieses Buches mit großer Sorgfalt und nach bestem Wissen und Gewissen zusammengestellt. Für eventuelle Schäden an Mensch und Tier, die als Folge von Handlungen und/oder gefassten Beschlüssen aufgrund der gegebenen Informationen entstehen, kann dennoch keine Haftung übernommen werden.

Sicherheitstipps:
In diesem Buch sind Reiter ohne splittersicheren Kopfschutz abgebildet. Dies ist nicht zur Nachahmung empfohlen. Achten Sie bitte immer auf entsprechende Sicherheitsausrüstung: Reithelm, Reitstiefel/-schuhe, Reithandschuhe und gegebenenfalls eine Sicherheitsweste beim Reiten.

Gestaltung und Satz: www.ravenstein2.de
Co-Autor: Almut Schmidt
Coverfoto: Manuel Schmidt
Fotos im Innenteil: Alexandra Evang, Lia Falinski, Kim Mayer Fotografie, Agatha Pawelek, Manuel Schmidt, Alex Schmucker sowie Privatfotos der Familie Simon (Bildquelle beachten)
Lektorat: Agnes Trosse

Druck: Graspo CZ, a.s., Tschechische Republik, www.graspo.com

Deutsche Nationalbibliothek - CIP-Einheitsaufnahme

Die Deutsche Nationalbibliothek verzeichnet diese Publikation in der Deutschen Nationalbibliografie; detaillierte bibliografische Daten sind im Internet über http://dnb.ddb.de abrufbar.

Printed in Czech Republic

ISBN 978-3-8404-1063-5

inhalt

unsere GESCHICHTE

(Foto: privat)

STECKBRIEF

Jenny (Simon)

Geboren: 8. Juni 1996

Größe: 1,68 Meter

Augenfarbe: blau

Haarfarbe: blond

Lieblingsessen: Ich bin Vegetarierin, esse aber Fisch

Lieblingsbeschäftigung: Reiten, Videos schneiden, Freunde treffen

Meine Stärken: Ich kann Dinge am Bildschirm sehr schnell erfassen und umsetzen; meine Familie sagt immer, ich wäre die schnellste Videoschneiderin aller Zeiten

Meine Schwächen: Bin nachtragend

Beste Tageszeit: Nachts!

Besonderheit: Vermindertes Schmerzempfinden; Ich kann zum Beispiel Brennnesseln mit bloßen Händen pflücken

Das bin ich und in diesem Buch erzähle ich Mambos und meine Geschichte.

(Foto: Alexandra Evang)

pferde MÄDCHEN

Wenn ich im Stall bei Mambo bin, ist unser Hund Collin auch manchmal mit dabei. Hier spielen wir gemeinsam auf dem Paddock. (Foto: privat)

Tierliebe liegt bei uns in der Familie. Wir haben zwei Hunde, und meine Mama ist früher selbst geritten. Pferde faszinieren sie immer noch. Bestimmt haben meine Schwestern und ich das Pferdevirus von ihr geerbt. Schon als kleines Mädchen fühle ich mich zu den Vierbeinern hingezogen. Besonders schön finde ich – Friesen. Ich liebe ihr tiefschwarzes Fell, ihre lange Mähne und ihre stolze Erscheinung. Über meinem Bett hängt ein riesiges Poster von einem Friesenhengst, der auf einem Hof in der Nähe steht. Jeden Abend betrachte ich sein Bild vor dem Einschlafen.

Als ich acht Jahre alt bin, darf ich das erste Mal auf einem Pferderücken sitzen. Meine Mutter fährt mit meiner älteren Schwester Fabienne und mir auf einen Ponyhof, wo wir ein paar Runden herumgeführt werden. Das fühlt sich gut an, aber noch nicht so richtig spannend. Umso spannender wird unser nächster Reitausflug: Als blutige Anfänger reiten wir auf Großpferden direkt ins Gelände, wackelige Trabstrecken inklusive. Wir sind begeistert, meine Mutter weniger. Deshalb ist das unser erster und letzter Besuch auf diesem Reiterhof.

Aber wir haben Feuer gefangen, das erhebende Gefühl auf dem Pferderücken wollen wir von nun an öfter erleben. Reitstunden sind unser nächstes Ziel. Zum Glück hat meine Mutter dafür Verständnis. Einmal in der Woche dürfen wir Reitunterricht auf Schulpferden nehmen und sind die glücklichsten Mädchen der Welt.

Der Hof, auf dem wir reiten lernen, ist übrigens derselbe, auf dem Mambo heute steht.

Wir fangen an, wie unzählige andere Reitschüler auch: Longenstunden auf geduldigen Ponys, danach Gruppenunterricht. Die Ponys werden zugeteilt, und man hat mal mehr, mal weniger Glück mit seinem Los. So manches Mal kollidieren meine Pferdemädchen-Träume unsanft mit der Realität: Wenn ich runterfalle, dann richtig.

Einmal geht eins der Ponys, Lars, an der Longe durch, die Reitlehrerin muss loslassen. Wie sich später herausstellt, hat er sich an der Zunge verletzt und große Schmerzen. Anstatt mich am Sattel festzuhalten, klammere ich mich an die Zügel. Eine dumme Idee. In der Kurve katapultiert es mich runter und ich lande so unsanft auf einem Holzzaun, dass die Balken durchbrechen!

Vielleicht bin ich deshalb keine besonders mutige Reiterin? Springstunden gehe ich lieber aus dem Weg und Ausritte sind mir unheimlich. Ich fürchte, dass das Pferd abhauen könnte, so ganz ohne Zaun oder Bande drumherum.
Nach einem knappen Jahr Reitunterricht fragen wir alle möglichen Leute bei uns im Stall, ob wir uns um ihr Pferd kümmern dürfen. Ein „eigenes“ Pflegepferd statt wöchentlich wechselnde Schulponys – das stellen wir uns schön vor.
Meine erste Eroberung ist eine ältere Ponydame namens Lady. Sie ist eine ganz Liebe. Nur einmal kriegt sie in der Reitstunde aus unerfindlichen Gründen plötzlich einen Rappel: Sie reißt den Kopf hoch, schlägt mir damit die Nase blutig und buckelt mich anschließend runter.

Mein Steißbein ist ordentlich geprellt. Ein anderes Mal mache ich bei einem Sturz vom Pferd einen Köpper senkrecht in den Boden, dass der Helm zerplatzt. Auch in eigentlich harmlosen Situationen habe ich manchmal richtig Pech. Einmal führe ich einen Friesen aus dem Stall. Weil er so langsam ist, drehe ich mich kurz zu ihm um und schnalze. In dem Moment erschrickt er sich, springt vor und trifft mich mit seinem Kopf so unglücklich im Gesicht, dass ich umfalle. Drei Zähne stehen mir waagerecht aus dem Mund und müssen wieder festgenäht werden.

Auf einem Spaziergang. Vorne bin ich zu sehen, hinter mir ist Michelle. (Foto: privat)

Hier bin ich mit einer meiner ersten Pferdebekanntschaften zu sehen. Die Begeisterung für die großen Vierbeiner hatte ich wohl damals schon. (Foto: privat)

Ob sie etwas gestochen hat? Durch sie komme ich auch das erste Mal in Kontakt mit Krankheiten, denn Lady hat chronische Hufrehe. Das ist eine sehr schmerzhafte Entzündung im Huf, bei der das Hufbein im Huf immer weiter nach unten wandert. Die Ursache für Hufrehe kann zu viel oder falsches Futter sein, deshalb darf Lady auch nicht mehr auf die Weide. Kühlung lindert ihre Schmerzen, und so spazieren wir mit ihr jeden Tag zu einem Bach und stellen sie manchmal eine halbe Stunde lang ins kalte Wasser. Trotzdem bekommt sie weitere Reheschübe und irgendwann muss Lady eingeschläfert werden. Mein erster Abschied von einem Pferd. Ich bin sehr traurig, aber wenigstens wird Lady vorher eine letzte große Freude gemacht: Sie darf noch einmal nach Herzenslust auf die Weide und sich den Bauch vollschlagen.

Donata reite ich ab und an sogar noch. Das ist toll, weil sie sehr groß und sehr angenehm zu reiten ist. Zickig ist sie mit anderen Stuten. Deswegen muss sie ein rotes Schleifchen auf Turnieren tragen. (Foto: privat)

Mein ehemaliges Pflegepferd Donata wurde an sehr nette Leute verkauft und steht heute noch bei uns im Stall. (Foto: privat)

Mit meinen nächsten Pflegepferden habe ich nicht viel mehr Glück. Donata, eine riesengroße Hannoveranerstute, wird bald verkauft, nachdem sie mein Pflegepferd geworden ist. Robin, einen alten Herren von 29 Jahren, pflege ich sogar nur wenige Wochen, dann bricht er sich beim Aufstehen in der Box das Becken. In Sancho, einen hübschen Schecken, bin ich eine Zeitlang ganz vernarrt. Neben ihm habe ich sogar noch ein zweites Pflegepferd, das Warmblut Mephisto. Er ist ein älteres Dressurpferd und als solches sehr brav und schön zu reiten. Nur Hänger fahren mag er nicht mehr, deshalb kommt mit ihm kein Turnierstart infrage. Zur Zeit bin ich mit meinem Reiterleben sehr zufrieden.

liebe AUF DEN ZWEITEN BLICK

Jennys Mama

Ich weiß noch genau, wie es war, als ich Mambo das erste Mal gesehen habe. Er wartete aufmerksam und stolz auf der Koppel, und als Katrin ihn hereinführte, ist er imposant, aber brav neben ihr her getrabt. Sein gesamter Ausdruck, sein schwarzes Fell – einfach toll. Ich meinte zu Katrin: „Ein eigenes Pferd kommt für mich zwar nicht infrage, aber wenn ich doch mal eins kaufen sollte, müsste es so sein wie Mambo."

Irgendwann 2009 erzählt meine Mutter abends von einer jungen Frau, Katrin, die sie in der Rettungshundestaffel kennengelernt hat. Diese Katrin besitzt neben ihrem Hund auch einen jungen Friesenhengst – Mambo. Meine Mutter will ihn sich mal ansehen, schließlich liebt sie Pferde nach wie vor. Nachdem Fabienne ein Bild von Mambo gesehen hat, will sie sofort mitkommen. Die beiden verabreden mit Katrin, dass sie einmal zum Reiten vorbeikommen dürfen. Tja, und was mache ich? Ich bleibe zu Hause. Irgendwie habe ich keine Zeit und auch keine große Lust auf diesen Ausflug. Friesen sind damals nicht mehr so mein Fall, ich stehe jetzt auf sportliche Warmblüter wie zum Beispiel Mephisto. Und mit Pflegepferden bin ich voll ausgelastet. Mama und Fabienne kommen total begeistert von dem Besuch bei Katrin zurück. Sie schwärmen von Mambo in den höchsten Tönen. Er sei so lieb und so gut erzogen und überhaupt. „Er trabt fantastisch, und sein Galopp ist der Hammer", erzählt Fabienne mit einem glücklichen Grinsen im Gesicht. Ich gucke mir die Fotos an, die sie gemacht haben, und muss zugeben, dass Mambo echt hübsch ist. Aber wirklich interessieren tut er mich nicht, und so fahre ich auch das nächste Mal nicht mit, als Fabienne auf Mambo sogar springen darf.

Mambo mit seiner Vorbesitzerin Katrin. Von ihr hat er seine Grundausbildung. Davon profitiere ich heute noch.
(Foto: privat)

Fabienne

Mambo hatte Schwierigkeiten mit dem Linksgalopp, weil er sich als junges Pferd links eine Rippe gebrochen und einen Halswirbel verrenkt hat. Katrin stellte also ein Cavaletti auf den Zirkel, damit er nach dem Hüpfer links angaloppiert. Das klappte aber nur halb. Mambo sprang zwar voller Elan über das Hindernis, flitzte nach dem Sprung aber geradeaus weiter. Ich blieb an ein paar Ästen hängen – und flog runter. Zum Glück falle ich meistens wie eine Katze und tue mir nicht weh. Als ich zu Hause davon erzählte, war Jenny komischerweise plötzlich doch an Mambo interessiert.

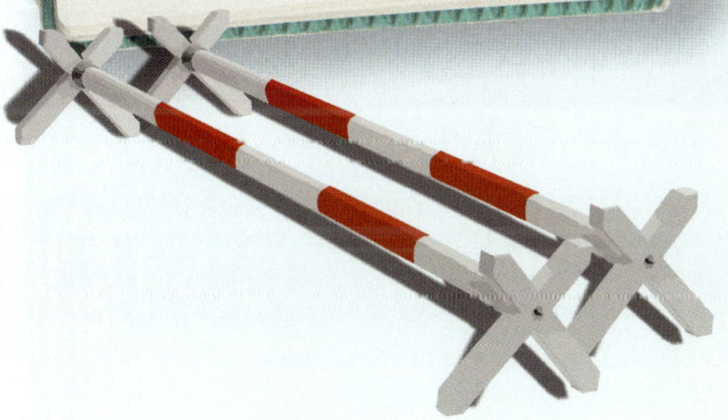

Ich weiß auch nicht. Schwierige Pferde reizen mich. Ich möchte sie „hinkriegen". So eine Herausforderung macht mir Spaß. Also fahre ich das nächste Mal mit zu Katrin.

Als ich aus dem Auto steige, sehe ich ein etwas unscheinbares schwarzes Pferd dösend am Anbindebalken stehen. Das ist also Mambo? Ich gehe näher und er sieht mich aufmerksam an.

Als ich ihn streichle, merke ich gleich, wie freundlich er ist, er lässt sich gern anfassen – im Gegensatz zu manch zickiger Stute, die ich schon kennengelernt habe. Zuerst reitet Fabienne ihn. Ich sehe, wie Mambo die Beine wirft, und denke: „O Gott, der Trab ist bestimmt nicht leicht zu sitzen, ganz zu schweigen vom Galopp!" Damit soll ich recht behalten, aber die Schwierigkeiten gehen schon beim Aufsitzen los. Als ich an der Reihe bin, will Mambo mich zuerst nicht auf seinen Rücken lassen. Katrin erklärt mir, dass Mambo bei Menschen, die er nicht kennt, immer ein paar Schritte von der Aufstieghilfe weggeht, sodass man kaum draufkommt.

„Das muss ich unbedingt mit ihm üben", schießt es mir durch den Kopf. Ich schaffe es dann aber doch in den Sattel und lobe Mambo gleich ganz doll. Dann geht es los – allerdings sehr langsam. Mambo ist faul. Und so ziemlich das Gegenteil von dem super ausgebildeten Mephisto. Ich trabe an. Überraschung: Der Trab ist total schön zu sitzen! In einer Ecke gebe ich die Galopphilfe. Mambo rennt im Mitteltrab los, springt dann mit einem riesigen Satz an und versucht direkt wieder durchzuparieren. Macht er das noch ein paarmal so, fühlen sich meine Beine an wie Pudding. Puh, er ist das anstrengendste Pferd, das ich bis jetzt geritten bin. Irgendwann springt Mambo aber doch an und ich erlebe das erste Mal seine riesigen Galoppsprünge. Wahnsinn!

Zum Trockenreiten dürfen Fabienne und ich mit Mambo ein Stück rausgehen. Mir rutscht kurz das Herz in die Hose. Ins Gelände? Mit einem Hengst? Aber seltsamerweise verfliegt das Gefühl nach den ersten Schritten auf dem Wiesenweg sofort, ich fühle mich auf Mambo total sicher. Strahlend steige ich nach der Runde ab.

Jennys Mama

Ich habe sofort gemerkt, dass Mambo von Katrin super erzogen worden ist. Katrin ist Pferdewirtin und kann toll mit Tieren umgehen, sowohl mit Pferden als auch mit Hunden. Sie hat eine ganz enge Beziehung zu ihnen und geht locker, liebevoll und konsequent mit ihnen um. Mambo war ihr „Bursche", ihr Ein und Alles. Sie hat auf dem Friesengestüt gearbeitet, auf dem Mambo geboren wurde. Deshalb kennt sie ihn seit dem Tag seiner Geburt, als er vor ihr ins Stroh geplumpst ist. Sie hat ihn bekommen, weil Mambo keine vollen Papiere besitzt, sein Vater war noch nicht gekört. Außerdem sah es als Fohlen so aus, als hätte er einen riesigen weißen Fleck auf der Stirn, was bei Friesen ja nicht zugelassen ist. Aber sein Kopf ist gewachsen und der Punkt ganz klein geblieben. Katrin hat sich viel mit Mambo beschäftigt, ist mit ihm spazieren gegangen und hat ihm aber auch seine Grenzen gezeigt. Die beiden konnten sich mit Blicken verständigen. Sie brauchte zum Beispiel nur einen Fuß vorzustellen, und Mambo wusste sofort: Da geht's nicht weiter. Es ist definitiv Katrins Verdienst, dass Jenny von Anfang an so gut mit ihm klarkam.

Ehrlich gesagt hätte ich Mambo jetzt gern als Pflegepferd, aber ich weiß, dass er leider zu weit weg steht. Es gibt keine Busverbindung und meine Mama kann mich nicht jedes Mal eine halbe Stunde fahren. Also verschwindet Mambo für ein halbes Jahr aus meinem Kopf – aber nicht ganz.

Eines Tages erzählt Mama, dass Katrin ihren Mambo vielleicht verkaufen muss. Der Hof, auf dem sie gearbeitet hat, kann sie nicht weiter beschäftigen und sie ist händeringend auf der Suche nach einer neuen Anstellung – als Pferdewirtin nicht so einfach, gerade wenn man ein eigenes Pferd und einen Hund hat. Weil meine Mama aber findet, dass Katrin und Mambo ein tolles Team sind und unbedingt zusammenbleiben müssen, versucht sie ihr eine Stelle an unserem Stall zu vermitteln. Und es ist tatsächlich etwas frei – Katrin darf mit Mambo einziehen!

endlich REITBETEILIGUNG

Bevor ich Mambo wiedersehe, fahren wir in den Ferien für zwei Wochen nach Spanien. So richtig genießen kann ich den Urlaub nicht, ich bin die ganze Zeit ziemlich hibbelig: Ich weiß, wenn ich zurückkomme, ist ER da!

Kaum wieder zu Hause, muss mich sofort jemand zum Stall fahren. Aufgeregt laufe ich über den Hof. Wo ist Mambo? Und dann sehe ich ihn in seiner Box. Mit gespitzten Ohren blickt er mich an. Ich streichle ihn glücklich und bewege mich erst mal nicht mehr von ihm weg. Ob Katrin merkt, dass wir beide eine besondere Beziehung haben?

Jennys Mama

Mambo wurde immer wichtiger für Jenny, das war nicht zu übersehen. Sie hat ständig von ihm erzählt: Heute hat er dies gemacht, heute hat er jenes gemacht. Er ist so süß, er schmust, er hat seinen Kopf auf meine Schulter gelegt. Es gab nur noch Mambo, Mambo, Mambo ...

Jedenfalls dürfen Fabienne und ich uns, auch als Dank für die Stellenvermittlung, ab Oktober 2010 um Mambo kümmern und ihn putzen.

Eines Tages fragt Katrin mich aus heiterem Himmel, ob ich Mambo noch mal reiten will. Was für eine Frage! Ich rase sofort los, hole Helm und Reitschuhe und renne zurück zum Platz. Beim Aufsteigen zappelt Mambo wieder, aber das Reiten klappt schon besser, er ist auch nicht mehr so faul. Katrin scheint auch überzeugt. Von da an darf ich Mambo regelmäßig reiten.

Fabi überlässt mir Mambo schließlich komplett. Sie hat seit einem Jahr ein tolles Pflegepferd, mit dem sie glücklich ist, während ich mit meinen Pflegepferden ja lange Pech hatte. Eine Zeitlang kümmere ich mich um Sancho, Mephisto UND Mambo, aber die beiden anderen gebe ich bald auf. Mit Mambo macht es mir einfach am meisten Spaß, auch wenn er längst nicht so perfekt ist wie Mephisto. Aber der ist mir fast ein bisschen langweilig geworden. Vielleicht war er zu perfekt?

Anfangs warnen viele meine Mutter: „Was? Du lässt eine 13-Jährige auf einem 6-jährigen Hengst reiten?" Klar, das klingt komisch, aber Mambo ist eben ein besonders gut erzogener Hengst, der seine Grenzen kennt. Und von Katrin lerne ich jeden Tag mehr über den richtigen Umgang mit ihm. Sie ist eine wichtige Begleiterin für uns beide. Ich weiß, dass sie eigentlich nie eine Reitbeteiligung für Mambo wollte – was ich aus heutiger Sicht gut verstehen kann. Jeder hat doch so seine Vorstellungen und denkt, dass er es selbst am besten macht. Deshalb rechne ich es ihr hoch an, dass sie trotzdem so locker und unverkrampft ist. Sie lässt mir bei Mambo freie Hand. Ihre einzige Ansage, die ich mir merke, weil ich sie so lustig finde: „Du darfst alles mit ihm machen, nur nicht über die Autobahn galoppieren!" Hihi. Aber ein bisschen Quatsch machen wir trotzdem. Einmal reiten wir zu McDonalds und durch den McDrive – die Leute haben nicht schlecht geguckt!

Katrin und ich rasseln nur zweimal aneinander. Einmal sagt sie mir, ich solle mit dem Springtraining aufhören, weil ich es falsch angegangen bin. Daran halte ich mich auch. Nur einmal, an einem schönen sonnigen Tag, stehen da so einladende Hindernisse auf dem Platz und ich kann nicht widerstehen. Wir gehen zweimal über einen kleinen Kreuzsprung, was Mambo auch toll macht – bloß leider sieht Katrin uns.
Sie zitiert mich zu sich, und als Strafe verbietet sie mir einen Monat lang, Videos auf Facebook hochzuladen. Ausgerechnet in dem Monat habe ich natürlich gleich drei Videos fertig geschnitten! Ein anderes Mal nehme ich beim Ausreiten eine Abkürzung durch ein Feld, obwohl ich natürlich weiß, dass das verboten ist. Ich reite extra in der Traktorspur und ganz gerade, aber der Bauer sieht mich, läuft zum Reiterhof und beschwert sich.
Die Strafe folgt prompt: Meine erste Turnierteilnahme ist gestrichen! Das ist hart. Trotzdem ist es gut, dass Katrin so konsequent mit mir ist. Ich respektiere sie ohnehin, aber mir muss man manchmal deutlich sagen, was Sache ist. Wenn man zu nett ist, nehme ich das nicht unbedingt ernst.
Ich reite Mambo nun regelmäßig in den Reitstunden. Zuerst im Gruppenunterricht, später habe ich dann zu zweit Unterricht mit einer Freundin. Mambo und ich machen Fortschritte. Das Aufsteigen klappt bald problemlos und Mambo wird immer lockerer. Sein Problem mit dem Linksgalopp verschwindet allerdings nicht so einfach. Ein Jahr lang reiten wir hauptsächlich einfache Bahnlektionen und üben Galopp auf der rechten und linken Hand. Aber auch unter der Reitlehrerin springt Mambo links nicht richtig an.

stall WECHSLE DICH ...

Im Sommer fahre ich wieder für zwei Wochen nach Spanien. Blöde Idee. Urlaub und ich passen einfach nicht zusammen, das sollte ich inzwischen wissen. In Spanien bekomme ich die Nachricht, dass Mambo den Stall verlassen muss, weil Katrin die Stelle wechselt. Auch das Pflegepferd von meiner Schwester zieht um. Ich flippe fast aus. „Beruhige dich, der neue Stall ist nicht weit entfernt und du kannst Mambo weiter pflegen", sagt meine Mama am Telefon. Trotzdem ist der restliche Urlaub für mich im Eimer, weil ich mir so viele Gedanken mache. Ich versuche, es positiv zu sehen. Vielleicht ist ein neuer Stall eine schöne Abwechslung?
Aber von wegen. Im neuen Stall sind die Bodenverhältnisse schlecht. Einmal stürzt Mambo im Galopp im Roundpen, weil dort zu wenig Sand liegt. Auf dem Reitplatz dagegen ist der Sand so tief, dass an richtiges Training nicht zu denken ist – weder Springen noch Dressur. Das kann ich Mambos Gelenken nicht zumuten. Ausreiten ist auch schwierig, weil wir erst eine halbe Stunde über Schotterpisten müssen, bis wir eine gute Strecke erreichen – ungünstig mit einem Barhuf-Pferd. Dazu bekommt Mambo Heu ohne Ende. Das ist ja ganz schön, aber ohne Training nimmt er schnell zu: in fünf Monaten ungefähr 50 Kilo. Außerdem ist er nicht ausgelastet und wird immer unerzogener, sodass ich ihn manchmal selbst mit Trense im Gelände nicht halten kann.

Durch viel Bodenarbeit ist unser Verhältnis noch enger geworden. Ich vertraue Mambo total. (Foto: Alexandra Evang)

Aber ich versuche, in der Situation auch etwas Positives zu sehen: Weil ich kaum reiten kann, mache ich mit Mambo viel Bodenarbeit. Ich bringe ihm Tricks wie „Bitte, bitte" oder „Küsschen" bei, übe mit ihm das Kompliment und das Reiten mit Halsring. Wir lernen uns dadurch auf einer anderen Ebene kennen und das Vertrauen zwischen uns wächst. Irgendwann traue ich mich sogar, mit Halsring auszureiten – ein unbeschreibliches Gefühl.

Trotzdem bin ich in dieser Zeit und in diesem Stall echt unglücklich. Einmal denke ich sogar: Wozu tue ich mir das eigentlich an? Ich bin kurz davor aufzugeben, aber bevor ich den Gedanken zu Ende denken kann, weiß ich, dass ich es nicht könnte. Mambo ist mein Ein und Alles, niemals würde ich ihn aufgeben!

Fabi ist nach einigen Monaten wieder zurück auf unserem Hof, und wenn ich ihre Videos sehe, könnte ich heulen. Eines Abends ruft Katrin an. „Ich habe eine gute und eine schlechte Nachricht. Welche willst du zuerst hören?" Ich schlucke. Von schlechten Nachrichten hab ich erst mal genug, aber trotzdem will ich sie natürlich zuerst hören. „Ich brauche Mambo am Samstag." Na, das ist kein Problem, auch wenn der Samstag eigentlich mein Reittag ist. Ihre gute Nachricht ist dafür umwerfend: Mambo

Das ist der Stall in dem Mambo wohnt. Wir fühlen uns hier rundum wohl und möchten nicht mehr umziehen. (Foto: Alexandra Evang)

kommt zurück auf „unseren“ Hof! Ich sitze mit offenem Mund am Telefon und quietsche los und kann es gar nicht fassen!

Es ist ein so tolles Gefühl! Nach all den Fehlschlägen und düsteren Momenten gibt es endlich wieder einen Lichtblick!

Schon ein paar Tage später ist es so weit. Ich packe in Windeseile alle Sachen zusammen, wir laden Mambo in den Hänger, und ab geht's. Ich sitze mit Tränen in den Augen im Auto und kann es kaum fassen. Auf dem Hof warten schon ein paar meiner Mädels und Mambos bester Freund. Mambo guckt auch gleich ganz anders – total glücklich – und dadurch sieht er auch gleich wieder so schön aus wie früher.

Ab da geht es wieder steil bergauf! Wir fangen an zu trainieren. Mambo nimmt ab und ich kann wieder springen. Wir starten auf zwei Auswärtsturnieren und auf unserem Vereinsturnier. Trotz der Trainingspause sind wir recht erfolgreich, ich bin über jeden kleinen Erfolg superglücklich und könnte die ganze Welt umarmen! Und ich merke: Die Erfahrungen, auch wenn sie nicht so schön waren, haben uns noch stärker zusammengeschweißt!

der UNFALL

Im Sommer 2013 findet Katrin eine neue Stelle in einem Verkaufsstall in der Nähe – und nimmt Mambo mit. Wieder müssen wir unseren Stall verlassen und ich bin total traurig. Im Internet sieht Mambos neues Zuhause noch ganz okay aus, aber in Wirklichkeit ist der Stall nicht ideal, denn er liegt mitten in einem Industriegebiet. Es gibt eine gute Reithalle, aber wenn man ausreiten will, muss man erst an einer Straße entlang, auf der viele Lkw fahren. Mambo hasst Lkw. Die Wege im Gelände sind überwiegend geschottert und damit schwierig für ein unbeschlagenes Pferd. Ich reite viel auf einer großen Wiese nicht weit vom Stall entfernt.
An einem Tag im September will eine Freundin uns filmen. Es ist ein schöner Spätsommertag, die Sonne scheint und das Gras steht hoch. Wir beschließen, auf die große Wiese zu gehen. Vorher mache ich Mambo hübsch, lege ihm eine kobaltblaue Schabracke auf und bandagiere ihn farblich passend. Ich selbst trage ein neues hellblaues Kapuzen-Markenshirt. Um auf die Wiese zu kommen, müssen wir ein Stück an der Straße entlang. Mambo ist schon ein bisschen aufgedreht, und als ein Lkw von hinten kommt, kriegt er einen ordentlichen Schreck. Danach wird er natürlich nicht ruhiger.
Leider habe ich mir zu der Zeit etwas Blödes angewöhnt: Ich gurte den Sattel nicht gescheit nach. Nachdem ich mich an Mambos Galopp gewöhnt habe, sitze ich so ausbalanciert, dass ich normalerweise nie ins Rutschen komme. Nach dem Aufsteigen gurte ich immer nur einmal kurz nach, dann nicht mehr. Sogar auf Springturnieren bin ich mit so lockerem Sattelgurt geritten, dass eine ganze Faust dazwischenpasste. Meine Reitlehrerin meinte nur: „Jenny, du hast einen Schaden!"
An diesem Tag ist es genauso, dazu kommt, dass der Sattel nicht mehr richtig passt. Ich reite Mambo warm, trabe und galoppiere. Dabei ist er sehr munter und buckelt ein paarmal. Besonders die Strohballen haben es ihm angetan. Die liegen zwar schon lange da, aber heute sind sie anscheinend besonders aufregend. Als ich ihn im Trab lang lasse und lobe, passiert es: Mambo erschrickt sich vor einem Strohballen und springt seitlich weg, dabei rutscht der Sattel. Mambo galoppiert los, der Sattel rutscht weiter und ich mit.

Manchmal sitze ich gerne einfach bei Mambo auf der Wiese und beobachte ihn. Er liebt es, wenn er dabei auch noch gekrault wird. (Foto: Alexandra Evang)

Ich versuche alles Mögliche, um hochzukommen. Eine gefühlte Ewigkeit überlege ich, wie ich ihn am besten anhalten kann: Soll ich ihn nach rechts ziehen, wo ich hänge, oder besser auf die andere Seite? Aber ich habe sowieso keine Chance – und lasse mich fallen. Ich weiß noch, wie ich unter Mambos Bauch durchgucke, dann wird alles schwarz. Mambo kriegt mit dem Sattel unter seinem Bauch Panik und springt weg, aber ich hänge noch im Steigbügel und werde ein Stück mitgeschleift. Mambo springt noch einmal hoch, um wegzukommen, und landet dann auf meinem Kopf. Beim Weggaloppieren trifft mich der rechte Hinterhuf zweimal im Gesicht. Normalerweise bleibt Mambo stehen, wenn ich runterfalle, aber diesmal ist er so in Panik, dass er wegrennt. Ich bin nach dem Sturz sofort wieder wach. Das Adrenalin rast durch meinen Körper. Ich springe auf und laufe hinter Mambo her. Mein einziger Gedanke: Mambo darf nichts passieren!

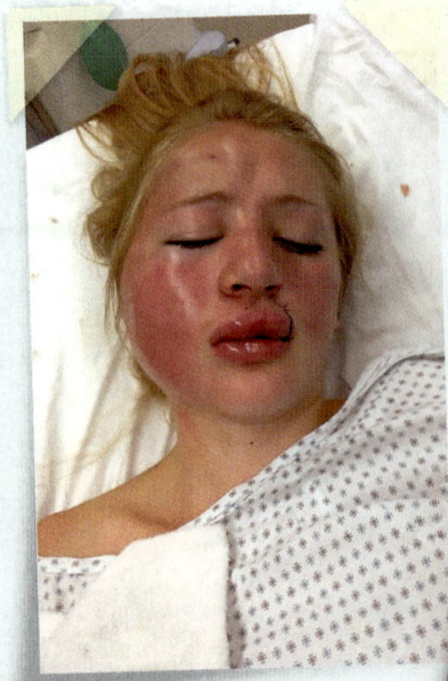
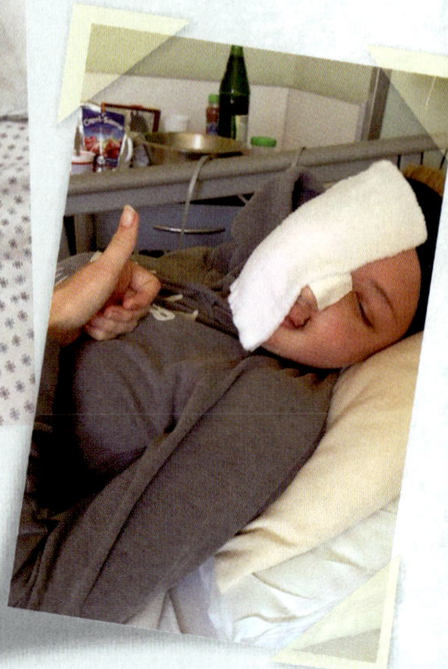

Nach meinem Unfall sah ich schlimm aus. Meinen Humor habe ich dabei aber nicht verloren und machte direkt Witze über meine dick angeschwollenen Lippen. (Foto: privat)

Beim Rennen merke ich, dass ich aus Mund und Nase blute. Bestimmt habe ich mir wieder die Zähne angehauen, denke ich und rufe meiner Freundin zu, sie solle einen Krankenwagen rufen.
Zuerst checkt sie den Ernst der Lage überhaupt nicht. Sie hat aus der Entfernung gefilmt und alles nicht so genau gesehen. Als ich dann näher komme, wird sie käseweiß und verstummt. Sie ist so geschockt, dass sie nicht mehr in der Lage ist, einen Krankenwagen zu rufen. Egal – ich sprinte weiter hinter Mambo her, der Richtung Stall läuft. Dort ist zufällig Katrin mit ihren Hunden unterwegs. Sie ist ebenfalls total erschrocken bei meinem Anblick und ruft sofort den Notarzt. Als ich weiß, dass Mambo in Sicherheit ist, lass ich mich endlich auf den Boden sinken und lege die Füße hoch, bevor ich umkippe. So ganz zurechnungsfähig bin ich wohl nicht mehr, denn ich will unbedingt fotografiert werden, damit ich weiß, wie ich aussehe ... Macht natürlich keiner. Ich blute wie verrückt. Meine Lippe ist eingerissen, außerdem blute ich aus der Nase und aus einer Platzwunde an der Stirn. Schmerzen habe ich durch den Schock keine.
Als der Notarzt eintrifft, fordert er wegen meiner Kopfverletzungen einen Hubschrauber an. Sie schneiden meinen schönen neuen Kapuzenpulli auf, um mir Zugänge für Infusionen zu legen. Irgendwann sind auch meine Eltern da. Als ich meine Mama sehe, die komplett aufgelöst ist, kommen mir die Tränen, das erste Mal an diesem Tag. Wie anders vertraute Menschen plötzlich in solchen Situationen sind. Am liebsten hätte ich, dass meine Mutter mitfliegt, denn ich bin bisher noch nie geflogen. Aber im Hubschrauber ist zu wenig Platz, meine Eltern sollen direkt ins Krankenhaus kommen. Starke Medikamente sorgen dafür, dass ich einschlafe, denn wegen

meiner Verletzungen kann ich keine Kopfhörer im Hubschrauber tragen. Wir fliegen in die Uniklinik Frankfurt, wo ich zunächst in den Schockraum komme und eine Traumaschleuse durchlaufe. Danach werden die offensichtlichen Verletzungen behandelt, meine Zähne festgenäht und die Lippe geflickt. Als ich langsam aus der Betäubung aufwache, frage ich sofort, wie ich aussehe. Als ich „Dicke Lippen" höre, mache ich gleich einen Witz: „Ha ha, dann sehe ich ja aus wie ein Botoxunfall."

Ich glaube, die Schwestern sind verwirrt, dass ich in meiner Situation solche Sprüche mache, aber ich empfinde das alles als gar nicht so schlimm und denke, sie hätten mich nur als Vorsichtsmaßnahme in die Klinik geflogen.

Kurz darauf stürzen meine Eltern in die Klinik. Der erste Satz, den meine Mama sagt, als sie mich sieht: „So, und damit beenden wir besser die Reitkarriere." Meine prompte Erwiderung: „Niemals!" Das kommt mir gar nicht in den Sinn. Mambo hat schließlich nichts falsch gemacht, der Unfall war meine eigene Schuld! Am liebsten will ich gleich heim und nachschauen, wie es Mambo geht.

Na ja, von wegen. Ich werde geröntgt, und dabei stellen sie fest, dass meine Nase, mein Kiefer und mein Jochbein, Letzteres gleich mehrfach, gebrochen sind. Die komplette rechte Gesichtshälfte ist kaputt und muss operiert werden. Außerdem hab ich ein schweres Schädel-Hirn-Trauma. Es ist ein Riesenglück, dass ich einen Helm aufhatte. Ohne den wäre ich nicht mehr da, sagen die Ärzte.

Meine Knochen werden mit Titanplatten stabilisiert; in einer komplizierten OP setzen mir die Ärzte diese durch das Zahnfleisch und durch das Auge ein, damit keine sichbaren Narben zurückbleiben. Sieben Tage muss ich im Krankenhaus bleiben. Mein Kopf schmerzt von dem Huftritt, aber schlimmer finde ich, dass ich so „zombiemäßig" aussehe. Als ich mich das erste Mal im Spiegel sehe, muss ich heulen. Und wenn mein Zimmernachbar Besuch bekommt, ziehe ich mir das Kissen über den Kopf und tue so, als wäre ich unsichtbar.

Als ich endlich rauskomme, will ich sofort zu Mambo. Darf ich aber noch nicht, denn durch die Augen-OP besteht Infektionsgefahr, ich muss noch eine Woche warten.

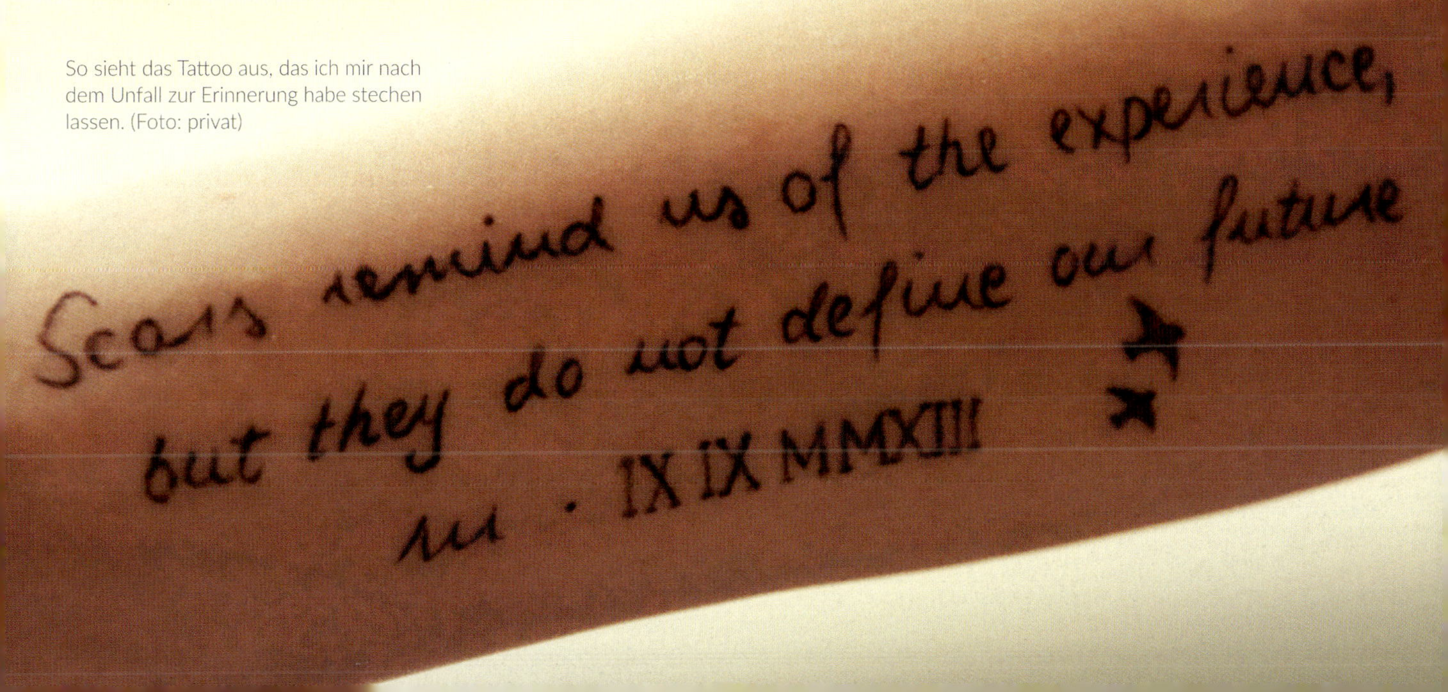

So sieht das Tattoo aus, das ich mir nach dem Unfall zur Erinnerung habe stechen lassen. (Foto: privat)

Dann ist es endlich so weit. Ich bin überglücklich, wieder bei Mambo zu sein und zu sehen, dass es ihm gut geht. Anfangs darf ich Mambo nur putzen und longieren. Ich muss höllisch aufpassen, dass er mir nicht aus Versehen einen Nasenstüber gibt und damit die Titanplatten verschiebt.

Ein paar Wochen später steige ich das erste Mal wieder in den Sattel. Kurz zittern mir die Knie. Wir sind immer noch an dem komischen Stall, und aus der Halle guckt man direkt auf Bahngleise. Mambo ist auch wieder etwas aufgedreht, aber kaum sitze ich oben, ist das Unbehagen wie weggeblasen, es ist, als wäre nie etwas passiert. Ich trabe und galoppiere, und Mambo und ich schweben wieder vereint über den Sand. Richtig trainieren darf ich aber noch nicht, denn ich habe noch die Platten drin und meine Mama will nicht, dass ich ausreite. Also gehe ich viel mit Mambo spazieren.

Als ich ihn das nächste Mal reite, sind wir schon wieder zurück auf unserem Hof. Nach einigen Unstimmigkeiten in dem Turnierstall hat Katrin beschlossen, dort zu kündigen und Mambo wegzuholen. Für mich ist die Welt wieder in Ordnung. Zwischen Mambo und mir hat sich rein gar nichts verändert, es ist genauso wie vor dem Unfall. Ich habe keine Angst und auch kein Trauma. Selbst als ich das erste Mal wieder ausreite, denke ich nicht mehr an das, was passiert ist.

Heute erinnert nur noch ein Tattoo auf meinem Arm an den Unfall. Aus dem Englischen übersetzt bedeutet es: „Narben sind Zeugen unserer Vergangenheit, aber sie schreiben nicht unsere Zukunft." Für mich heißt das, dass man durch ein Unglück seine Träume nicht aufgeben darf.

Aber natürlich weiß ich, dass ich großes Glück hatte. Es hätte auch anders ausgehen können …

Jennys Mama

Reiten ist kein ungefährlicher Sport und ich habe mir immer schon leichte Sorgen um meine Mädchen gemacht. Wann immer sie bei den Pferden waren und ein Krankenwagen bei uns vorbeifuhr, habe ich sie kurz angerufen und gefragt, ob alles okay sei. Mit der Zeit haben die Mädchen beim Hörerabheben immer direkt gesagt: „Alles in Ordnung, Mama." Als der Anruf kam, dass Jenny gestürzt sei, war ich natürlich besorgt, dachte aber erst mal „nur" an einen Arm- oder Beinbruch. Als ich hörte, dass ein Hubschrauber kommt, wurde mir schlagartig klar, dass etwas viel Schlimmeres passiert sein musste. Das war ein Gefühl, als würde mir der Boden unter den Füßen weggezogen. Mein Mann und ich sind zur Unfallstelle gerast und Jenny sah wirklich schrecklich aus, ganz entstellt. Bevor sie abtransportiert wurde, fing sie plötzlich an, sich von uns zu verabschieden – so als würde sie sterben. Sie hätte uns lieb, wollte sich für alles bedanken … Das war sehr unheimlich, aber sie war wohl nur beduselt von den Medikamenten. Vor dem Abflug sagte mir einer der Sanitäter, dass es voraussichtlich nicht ganz so dramatisch sei, denn Jennys Reflexe wären normal und sie sei ansprechbar. Das hat mich zumindest ein kleines bisschen beruhigt und glücklicherweise stellte sich ja heraus, dass er mit seiner Einschätzung recht hatte.

Die Vorstellung, dass Mambo verkauft werden könnte, machte mich unendlich traurig. (Foto: Alexandra Evang)

zeit DER UNGEWISSHEIT

Einige Monate nach dem Unfall zieht Katrin aus beruflichen Gründen weg, sie lebt nun anderthalb Stunden von uns entfernt. Da sie nicht weiß, wie es mit Mambo weitergeht, ob sie ihn nachholen kann, lässt sie ihn übergangsweise in unserer Obhut auf dem Hof. Ab da bin ich mehr oder weniger allein für Mambo zuständig, auch wenn er Katrin natürlich noch gehört und sie ab und zu zum Reiten kommt. In der folgenden Zeit ist Mambo nicht ganz fit; zwei, drei Wochen lang habe ich das Gefühl, er würde irgendwie trauern. Vielleicht spürt er, dass seine Zukunft ungewiss ist. Friesen sind ja sehr anhänglich, ein bisschen wie Labradore, und man merkt ihnen schnell an, wenn etwas nicht stimmt.

Jennys Mama

Die Zeit, in der Jenny sich allein um Mambo kümmern musste, war für uns eine Art Testphase, wir wollten sehen, wie ernst es ihr tatsächlich mit Mambo ist. Der Winter stand vor der Tür. Würde sie auch bei Kälte, Regen und Schnee zum Stall fahren? Schnell wussten wir: Ja, das tut sie. Es wurde sogar immer „schlimmer" mit ihr und Mambo. Niemand anders durfte ihn versorgen, alles wollte sie selbst machen. Im Februar war dann für Katrin klar, dass sie Mambo aus beruflichen Gründen nicht länger würde behalten können. „Mambo soll verkauft werden? Das können wir Jenny nicht antun, es wird ihr das Herz brechen", war die erste Reaktion meines Mannes. Eigentlich wollten wir nie ein eigenes Pferd anschaffen, ich weiß schließlich, wie viel Zeit und Geld so ein Tier erfordert. Aber jetzt blieb uns fast keine Wahl, und so entschieden wir uns, Mambo zu kaufen. Allerdings heimlich, denn wir wollten sehen, ob Jennys Begeisterung anhielt. Es sollte dann eine Überraschung zu ihrem 18. Geburtstag im Sommer werden. Beinahe wäre uns Jenny noch auf die Schliche gekommen, denn sie hat im PC einen Ordner „Mambo" gefunden, mit Blanko-Kaufvertrag. Ich habe mich damit rausgeredet, dass wir für Mambo eine Versicherung hätten abschließen müssen, da er ja jetzt hier stünde und über uns angemeldet wäre. Das hat Jenny geschluckt und nicht mehr nachgefragt.

Nicht zu wissen, wie es mit Mambo weitergeht, ist für mich Folter. Wird Katrin ihn doch noch zu sich holen? Muss er verkauft werden? Meine Schwester Michi fragt mich schon immer so lauernd, ob ich wirklich Lust hätte, jeden Tag zum Pferd zu fahren, es zu versorgen, den Stall auszumisten. Aber für mich ist das keine Arbeit. Ich finde es schön, wenn Mambo einen ordentlichen Stall hat und es ihm gut geht. Obwohl ich eine Langschläferin bin, stehe ich oft auch in den Ferien früh auf, um morgens zu reiten und in Ruhe Zeit mit Mambo zu verbringen. Einmal düse ich sogar morgens um sieben zum Stall, weil Mambo noch die Decke draufhat und ich mir Sorgen mache, dass es ihm in der Sonne zu warm werden könnte. Durch die Ungewissheit bin ich alles andere als ausgeglichen. „Jenny ist wie eine Rakete", sagt mein Papa. Kaum spricht mich einer in dieser Zeit falsch an, gehe ich an die Decke und rase in mein Zimmer. Diese knapp acht Monate von 2013 bis 2014 sind wohl die schlimmsten in meinem bisherigen Leben. Diese Ungewissheit, dass Mambo jederzeit verschwinden könnte, ist einfach schrecklich. Oft sitze ich bei ihm im Stall, gucke ihn an und weine. Allein die Vorstellung, ihn zu verlieren, zerreißt mir das Herz.

Könnte Mambo bald vielleicht doch mir gehören? (Foto: Alexandra Evang)

die SCHÖNSTE ÜBERRASCHUNG

Dann wird es Juni und mein 18. Geburtstag steht vor der Tür. Ganz tief drinnen hat sich ein kleiner hoffnungsvoller Gedanke in mir eingenistet: Vielleicht bekomme ich Mambo geschenkt?
Aber eigentlich ist mir klar, dass das nicht passieren wird. Meine Eltern wollen kein Pferd – zu viel Verantwortung, zu teuer und überhaupt.

Jennys Mama

Das war eine knifflige Angelegenheit, denn Mambos Übergabe sollte ja eine Überraschung sein. Wir mussten Mambo irgendwie zu uns nach Hause schaffen. Ihn zu verladen hätten wir aber allein nicht hingekriegt. Ihn herzuführen war zu weit. Da kam Jennys Wunsch mit dem Turnier gerade recht. „Wir könnten ja dort mit deinen Freunden feiern, dann grillen wir, schauen dir zu, ist doch nett." Gut, das fand Jenny okay. Heimlich haben wir ihren Freunden Bescheid gesagt, dass es nachts eine kleine Überraschungsparty bei uns am Haus geben wird. Sie haben sich in dem Hänger versteckt, in dem Mambo am nächsten Tag zum Turnier fahren sollte. Um Mitternacht gab's ein kleines Feuerwerk, und anschließend stürmten die Freunde aus dem Hänger. Ich hab noch ein Gedicht vorgelesen, und dann bekam Jenny ihren Sattel überreicht.

Stattdessen soll ich einen neuen Sattel bekommen, den ich dringend für Mambo brauche. Auch das ist ein teures Geschenk, in der Verwandtschaft wird schon dafür gesammelt.
„Falls Mambo weggeht, kannst du den Sattel immer noch verkaufen", sagt Mama. Na toll. Ich weiß noch nicht genau, ob ich meine Freunde zu einer Party einladen soll, denn am selben Wochenende ist auch ein Turnier, auf dem ich gerne starten würde. Ehrlich gesagt möchte ich lieber Zeit mit Mambo verbringen. Aufs Feiern würde ich notfalls verzichten.
Als um zwölf die Hängertür aufgeht, denke ich kurz: Ist Mambo da drin? Aber es sind zu viele Füße und ich verwerfe den Gedanken schnell wieder.
Am nächsten Morgen stehen wir früh auf. Die E-Dressur steht an. Ich sage meinen Eltern noch mal, dass ich mich wirklich über den Sattel freue. Hoffentlich habe ich nicht enttäuscht geguckt, denn ich will nicht undankbar erscheinen. Der Sattel ist wirklich toll.
Der Tag beginnt etwas stressig, weil ich mein Jackett vergesse. Aber es ist wieder so heiß, dass die Jackett-Pflicht aufgehoben wird. Die Prüfung klappt dann echt gut, der Bub ist wieder total flott und voller Power. Nur im ersten Galopp springt er kurz im Kreuzgalopp an, weil ich ihn nicht gut vorbereitet habe. Nach der Prüfung rufen mich auf einmal die Richter nach vorne – ohne Pferd. Ich bin erst mal komplett verwirrt. Oh nein, habe ich doch was falsch gemacht?

Aber die Richterin nimmt das Mikrofon in die Hand und gratuliert mir erst mal zum Geburtstag. Ich freue mich total! Ganz kurz gucke ich ins Publikum. Ist Katrin da? Vielleicht kriege ich Mambo dann doch geschenkt? Aber Katrin ist nirgends zu sehen. Dann kommen meine Schwester Fabi und Freunde von mir nach vorne. Fabi liest den zweiten Teil des Gedichts von gestern Nacht vor. Ich kriege kaum was mit, weil ich total aufgeregt bin. Ich höre nur „Mambo und Jenny, fast vier Jahre, durch dick und dünn." Und dann kommt der letzte Satz, den ich sicher nie, nie vergessen werde: "Manchmal werden Träume wahr, ab heute gehört er dir, der schwarze Star!"

Ich kann es nicht glauben! Da kommt auch schon Mambo rein, mit roten Schleifen an der Trense, geführt von meiner Mama, meinem Papa und meiner jüngsten Schwester Michelle! Ich heule nur noch und kann das alles gar nicht fassen. ER GEHÖRT ENDLICH MIR! Ich bin das glücklichste Mädchen auf der Welt! Während der Siegerehrung umarme ich Mambo die ganze Zeit und will ihn am liebsten gar nicht mehr loslassen. Es ist der schönste Tag in meinem Leben, und wenn ich mir heute ab und zu den Film anschaue, der damals gedreht worden ist, kommen mir noch immer die Tränen.

Seit 2010 begleitet Mambo mich nun durch mein Leben und ich kann mir niemand anderen an meiner Seite mehr vorstellen! Ich werde ALLES dafür tun, dass er für immer bei mir bleibt! Ohne ihn geht es einfach nicht! Auch wenn er nicht perfekt in Dressur oder Springen ist, so ist er doch perfekt für MICH! Ich habe so viel von ihm gelernt (und er hoffentlich auch von mir) und ich hoffe, dass wir es noch lange miteinander aushalten werden!

Und wisst ihr, was echt lustig ist? Früher wollte ich immer so ein Pferd wie Willox oder Diego, ein großes sportliches Warmblut. Und jetzt habe ich einen kleinen „dicken" Friesen und er ist mein absolutes Traumpferd. Tja, wie das Leben manchmal spielt!

Und Mambo musste natürlich auch feste gedrückt werden. Den wollte ich gar nicht mehr loslassen. (Foto: privat)

(Foto: Manuel Schmidt)

high LIGHTS

Am Badesee mit Mambo zu schwimmen war eine tolle Erfahrung. (Foto: privat)

Mit Mambo erlebe ich unzählige schöne Momente. Es sind gar nicht die großen Sachen wie ein Turniersieg, die mich glücklich machen. Ich freue mich schon, wenn ich zum Stall fahre, ihn auf der Wiese sehe und er nach mir wiehert. Da geht mir das Herz auf. Ich weiß noch, wie Mambo das erste Mal nach mir brummelte, als ich ihn rief. Das hat er vorher noch nie bei jemandem gemacht und ich bin echt dahingeschmolzen. Von da an hat er richtig oft gewiehert, wenn er mich gesehen hat.

❤ Unser erster Linksgalopp: Als Mambo auf der linken Hand das erste Mal direkt richtig angaloppierte, musste ich weinen vor Freude. Der Weg dahin war ganz schön lang. Immer wieder haben wir versucht, ihn nur locker und durchlässig zu reiten. Meine Reitlehrerin sagte, dass er nur richtig anspringen würde, wenn er sicher wäre, dass nichts wehtue. Eine Stange am Boden hat ihm geholfen. Nach dem Hüpfer ist er meist richtig angaloppiert. Als es irgendwann ohne klappte, war das ein perfekter Moment. Da wurde mir zum ersten Mal klar, wie wichtig geduldiges Training ist.

❤ Gemeinsam schwimmen: Einmal sind wir im Sommer zu einem Badesee gefahren, um dort mit den Pferden zu schwimmen. Bikini an und dann rauf auf den blanken Pferderücken! Mambo hat sich anfangs allerdings keinen Schritt ins Wasser bewegt, er ist nämlich wasserscheu. Ich bin dann abgestiegen und habe ihn geführt. Meine Freundin ist mit ihrem Pferd vorangeritten, und irgendwann war Mambo überzeugt. Er ist richtig tief reingegangen, ein paarmal hat er den Grund unter den Hufen verloren und ist ein Stück geschwommen. Dann wollte er aber schnell wieder raus, durch das Wasser bin ich kaum hinterhergekommen. Der Tag war für uns ein ganz neues gemeinsames Erlebnis und ein großer Vertrauensbeweis von Mambo.

❤ Unser erster Sprung: Das weiß ich noch wie heute. Ich bin mit einer Freundin von der Koppel zurückgekommen und Katrin ist bei Flutlicht auf dem Platz geritten. Ich hatte nur eine Jogginghose und Turnschuhe an, als sie mich fragte, ob ich mit Mambo mal springen möchte. Mein Herz hat angefangen zu klopfen. Ich bin damals total ungern gesprungen, aber mit Mambo wollte ich es probieren. Ich hab also meinen Helm geholt und in der Zeit hat Katrin einen klei-

Heute springt Mambo ohne Probleme auch über feste Geländesprünge. Das mache ich aber nicht so häufig, um seine Gelenke und Bänder zu schonen. (Foto: privat)

nen Sprung aufgebaut. Dann ging es los. Mambo ist ohne Probleme drüber, es war so genial! Er hob richtig hoch ab und ist regelrecht geflogen. Das hat total Spaß gemacht! Sofort wollte ich noch mal drüber, aber Mambo nicht. Er flitzte am Hindernis vorbei. Allerdings lag da noch eine andere Stange im Weg, über die ist er aus dem Stand wie ein Känguru gehüpft – ich hab mich totgelacht! Auf Mambo hab ich mich einfach total sicher gefühlt. Ab da wäre ich am liebsten jeden Tag gesprungen.

❤ Unser erstes Turnier: Im Mai 2011 wollte ich mit Mambo das erste Mal im Dressur- und im Springreiterwettbewerb starten. Das sind Prüfungen, die von den Anforderungen zwischen Reiterwettbewerb, wo man zu viert startet, und E-Dressur liegen. Im „Dressurreiter" startet man zu zweit. Unsere Reitlehrerin hat mir davon abgeraten, sie meinte: „Ihr seid noch nicht so weit." Aber ich wollte es trotzdem probieren.
Auf dem Abreiteplatz war Mambo ganz schön aufgeregt. Klar, er kannte das ja nicht mit den ganzen anderen Pferden. Aber er war total brav, hat zwar gewiehert und sich aufgebaut, ließ sich aber trotzdem gut handeln und war locker. In der Prüfung ist dann das passiert, was unsere Reitlehrerin vermutet hat: Das Angaloppieren links hat nicht geklappt. Wir sind auch nicht platziert worden. Beim „Springreiter" dagegen sind wir auf Anhieb Zweite geworden! Und das, obwohl die meisten mir vorher gesagt haben: Was willst du denn mit einem Friesen beim Springen? Katrin, die ja damals noch Mambos Besitzerin war, war auch dabei und ganz stolz. Das hat mich total gefreut.

Dieses Bild zeigt unseren ersten Start bei einer A-Dressur. Hier seht ihr uns im Galopp. Ich hab mich total konzentriert und Mambo auch. (Foto: privat)

❤ Mit Halsring im Schnee: Letztens waren wir bei knackig kaltem Wetter und Schnee nur mit Halsring draußen und Mambo war soooo unglaublich!
Es ist einfach der Hammer, wie fein er mittlerweile auf den Halsring reagiert und wie schön er sich mit meiner Stimme kontrollieren lässt! Ich vertraue ihm wirklich zu 100 Prozent, auch wenn er sich manchmal vor dem „gruseligen" Schnee oder anderen Gespenstern erschrickt. Genau so was möchte ich NIE wieder missen und nicht mal annähernd gegen irgendeinen Turniersieg eintauschen!

ein problem KOMMT SELTEN ALLEIN

(Foto: Manuel Schmidt)

Von außen betrachtet glauben wahrscheinlich viele, dass bei Mambo und mir immer alles super ist. Aber wer meine Facebook-Einträge schon länger liest, weiß, dass das nicht stimmt. Mit Mambo war es nie so einfach, wie es aussieht, und das wird es vielleicht auch nie sein. Trotzdem werde ich dieses Pferd niemals aufgeben! Mambo hat mir gezeigt, was es heißt, zu kämpfen, nicht aufzugeben, egal, wie schwierig die Situation auch sein mag. Er hat mir auch gezeigt, was es heißt, für einen Freund da zu sein, sowohl in den schlimmsten als auch in den schönsten Momenten! Heute weiß ich: Man kann (fast) alles erreichen, wenn man nur will und dafür kämpft!

Was mir aber auch klar geworden ist: Das mit Mambo und mir ist etwas Besonderes. Ich weiß nicht, ob ich all das auch für ein anderes Pferd tun würde, ob ich ihm so viel Zeit, Nerven und auch Geld opfern würde – ich glaube fast nicht.

„WER KÄMPFT, KANN VERLIEREN. WER NICHT KÄMPFT, HAT SCHON VERLOREN."

(Bertold Brecht)

mambo

Mambo war eigentlich nie krank, aber kaum gehörte er mir, ging es los mit seinen Zipperlein. Natürlich habe ich mich gefragt, ob ich alles richtig mache, aber an Mambos Haltung hatte sich ja nichts verändert. Nur Mambos frühere Besitzerin war nicht mehr da. Katrin hatte ich immer fragen können, wenn ich unsicher war. Jetzt musste ich alles allein entscheiden. Anfangs war ich supervorsichtig mit Mambo, meine Mutter meinte schon, ich solle ihn nicht so in Watte packen. Aber es war ja auch ständig was.

Dreimal bekam er beispielsweise Fieberschübe. Den ersten kann ich mir bis heute nicht erklären, beim zweiten hat er sich einen Infekt eingefangen. Ich hatte den Bub vom Paddock reingeholt und direkt gesehen, dass er zitterte. Ich habe ihm eine Decke aufgelegt, damit er warm wird, und bin mit ihm eine Runde in der Sonne spazieren gegangen. Dabei hat er sich aufgewärmt und das Zittern wurde weniger. Beim Fiebermessen war die Temperatur nur leicht erhöht. Ich hab ihn dann unters Solarium gestellt, Heu hingelegt, Mash gemacht und immer mal Banane und Apfel angeboten.

Richtig Appetit hatte er nicht. Als ich ihn in die Box gebracht hab, schwankte er auf dem Weg dahin total und war richtig schlapp. In der Box hat er sich in die Ecke gestellt und kein Futter mehr angerührt. Ein schlechtes Zeichen. Ich bin noch etwas bei ihm geblieben und hab ihn beobachtet, aber es wurde nicht besser, sondern eher schlechter. Also habe ich den Tierarzt gerufen, der auch direkt kam. Er hat noch mal Fieber gemessen – 39,6 Grad Celsius, eine Erkältung. Mambo bekam Antibiotika gespritzt und glücklicherweise ging es ihm dann bald besser. Ein anderes Mal hatte Fabi Mambo geritten und ihn noch feucht aufs Paddock gestellt. Klar, das ist nicht ideal, aber den meisten Pferden macht es nicht viel aus. Mambo war prompt am nächsten Tag wieder erkältet.

Der Tierarzt, der Mambo von klein auf kennt, meinte auch: „Was ist mit ihm los, er ist ja dauernd krank?" Ich hab mir total viele Sorgen gemacht – kaum gehört das Pferd mir, ist es krank. Dabei haben wir uns alle – meine gesamte Familie – so sehr um ihn bemüht.

Jennys Mama

Es ist schon ein Unterschied, ob man Reitbeteiligung ist oder das Pferd einem selbst gehört. Natürlich haben wir uns auch vorher schon Gedanken um Mambo gemacht, aber da war immer noch Katrin, die ihn von klein auf kannte und die man im Zweifelsfall immer fragen konnte. „Kein Problem, das ist das und das", sagte sie dann. Oder: „Ich beobachte ihn." Das war beruhigend. Und das fehlte uns anfangs sehr.

Dann bekam er noch Probleme mit einem Hinterbein. In dem Verkaufsstall, wo Mambo eine Zeitlang stand, hatte er sich von den anderen Pferden abgeguckt, vor der Fütterung gegen die Boxenwand zu treten. Das hat er leider bei uns im Stall beibehalten und sich einmal das Sprunggelenk richtig dick gehauen. Bei der Untersuchung stellte der Tierarzt fest, dass er auch eine leichte Arthrose hat. Mambo bekam zweimal Hyaluronsäure gespritzt, seitdem hat er glücklicherweise keine Probleme mehr. Ich achte aber auch sehr auf ausreichend langes Warmreiten, damit die Gelenke gut geschmiert sind.

Und als wäre das alles nicht schon genug, kam auch noch das Sattelthema dazu. Mambo hatte als junges Pferd einen Sattel, mit dem er auch eingeritten wurde. Der passte irgendwann nicht mehr, weil er sich körperlich verändert hat. Zum Geburtstag bekam ich ja dann einen neuen Sattel geschenkt, den ich mir auch gewünscht hatte. Eine Zeitlang ging das damit gut, aber dann merkte ich, dass Mambo beim Putzen hinten an der Lende empfindlich wurde. Erst hab ich mir nichts dabei gedacht.

Das ist unser neuer und gut sitzender Sattel. Seitdem ich ihn habe, hat Mambo Muskulatur aufgebaut und seine Bewegungen sind viel freier.
Foto: (Alexandra Evang)

Auch mein Sitz hat sich verbessert
mit dem neuen Sattel.
Foto: (Alexandra Evang)

Als er dann aber muskulär abbaute und die Wirbelsäule hervortrat, wurde mit klar: Hier stimmt etwas ganz und gar nicht. Ich hab den Tierarzt draufschauen lassen, der ebenfalls meinte, dass seine Muskulatur nicht gut aussähe. Auch beim Reiten lief er jetzt schlechter. Ich bin dann kaum noch mit dem Sattel geritten. Oft hab ich mich einfach auf den blanken Rücken gesetzt oder bin mit einem geliehenen Springsattel geritten, der aber auch nicht optimal passte. In der Zeit ohne Sattel lief Mambo gut, kaum legte ich den Sattel wieder auf, fing er an zu lahmen. In der Rückschau scheint der Zusammenhang sehr klar, aber ich habe eine Zeit gebraucht, um das festzustellen. Erst dachten wir, er hätte was mit dem Bein, aber irgendwann war es dann nicht mehr zu übersehen, dass der Sattel schuld war. Das hat mir dann auch ein Sattler bestätigt. Auf Facebook gab es dann noch einen Rieseneklat. Ich hatte gepostet, dass ich auf ein Turnier fahre, aber natürlich nicht mit meinem unpassenden

Sattel, sondern mit einem geliehenen von einer Freundin. Der lag viel besser, war aber von der gleichen Marke. Ohne den Hintergrund zu kennen, haben sich einige sofort darüber aufgeregt und einen Riesenwirbel veranstaltet. Das bekam mein heutiger Sattelsponsor mit. Er schrieb mich an und meinte, er würde mir gern helfen. Ein paar Wochen später war er schon mit drei Testsätteln bei uns auf dem Hof und hat uns beraten. Einer der Sättel lag gleich sehr gut. Ihn durfte ich dann einige Wochen ausprobieren. Mambo hat schnell wieder Muskulatur aufgebaut, sogar mehr als vorher. Seine Gänge wurden freier, und auch mein Sitz verbesserte sich. Der Sattel musste später noch mal leicht verändert werden. Sie haben ihn hinten angehoben, damit er noch besser im Schwerpunkt liegt. Seitdem passt er super und drückt nirgends. Meine Physiotherapeutin, eine Freundin von meiner Mama, hat mir die gute Passform bestätigt und uns gelobt, dass Mambo wieder so gut bemuskelt ist.

reiten

Nach dem Unfall mit Mambo haben viele gedacht, ich hätte das Vertrauen zu ihm verloren und ab jetzt Angst, ihn zu reiten. Das war aber überhaupt nicht so. Zwei kleinere Sachen sind mir seitdem noch mit Mambo passiert: Einmal hat er bei der Cavalettiarbeit nicht aufgepasst, ist gestolpert und mit mir hingefallen. Das war ein kurzer Schockmoment, aber ich hatte am meisten Angst um ihn. Als ich gesehen habe, dass er okay ist, war für mich alles gut.

Ein anderes Mal hat ein Pferd auf einem Turnier nach Mambo getreten. Blöderweise war mein Fuß dazwischen. Der Tritt war so heftig, dass der Steigbügel zerbrochen ist – genauso wie mein kleiner Zeh, aber das hab ich gar nicht gemerkt. Mir war nur wichtig, dass Mambo sich nicht wehgetan hat. Es gab aber ein Ereignis, das erst gar nicht wild schien, mich aber heute noch beschäftigt. Mambo hatte sich vor einiger Zeit beim Aufsteigen eine kleine Unart angewöhnt, er ist nämlich einfach losgelaufen. Klingt erst mal nicht dramatisch, hatte aber Folgen. Einmal wollte ich ohne Sattel, nur mit Trense reiten. Ich versuchte aufzusteigen, hüpfte noch auf der Aufstiegshilfe, da trabte Mambo schon los. Ich saß viel zu weit hinten auf seinem Rücken, hatte die Zügel am letzten Zipfel. Also sprang ich ab, landete hart auf den Füßen und dann auf den Knien. Die sind anschließend ganz dick angeschwollen. Dieses Ereignis hat mich ziemlich geschockt, weil es so schnell ging und ich überhaupt nicht reagieren konnte. Seitdem habe ich beim Aufsteigen manchmal ein komisches Gefühl. Keine Angst, aber ein leichtes Unbehagen.

Natürlich hab ich anschließend das Stillstehen geübt. Wie bei einem Jungpferd hab ich Mambo neben die Aufstiegshilfe gestellt, die Zügel aufgenommen und erst mal nur den Fuß in den Bügel gesetzt. Blieb er stehen, habe ich ihn gelobt. Dann habe ich etwas Gewicht in den Sattel gebracht und wieder gelobt. Und so bin ich dann ganz langsam und vorsichtig aufgestiegen, habe mit ihm geredet und ihn gelobt, wenn er stillstand. Heute klappt es meistens.

wie ÜBE ICH …?

(Foto: Manuel Schmidt)

küsschen

Gerade in den Zeiten, wo Mambo nicht ganz fit war oder die Umstände fürs Reittraining ungeeignet waren, habe ich mit Mambo viel am Boden gearbeitet und ihm einige Zirkuslektionen beigebracht. Auch heute mache ich das zwischendurch zur Auflockerung. Versucht es doch auch mal! Es macht total Spaß und es ist ein schönes Gefühl, wenn das Pferd nachher auf ein bestimmtes Kommando reagiert und ihr etwas abfragen könnt. Die Pferde machen dabei gerne mit, vor allem, wenn es ein Leckerli zur Belohnung gibt. Loben könnt ihr auch durch Halskraulen oder was euer Pferd sonst gerne mag. Eure Stimme sollte jedenfalls begeistert klingen, wenn euer Pferd etwas gut macht.

Fangt am besten mit einfachen Sachen wie „Küsschen" an, das fällt den Pferden leicht.

Bei mir war es früher immer so, dass etwas sofort klappen musste, sonst hatte ich keine Lust mehr. Beim Üben vom Kompliment bin ich zum Beispiel zu schnell vorgegangen und wollte, dass Mambo nach ein paar Stunden den gesamten Bewegungsablauf zeigt. Das hat Mambo überfordert. Ich hatte für diese Lektionen keinen Trainer. Stattdessen habe ich im Internet nachgelesen und es dann so gemacht, wie ich dachte, dass Mambo es am besten versteht. Die Lösung war dann für Mambo und mich, die Übung in kleine Schritte aufzuteilen. Diese haben wir immer wieder geübt, bis Mambo nach einem Jahr endlich im Kompliment kniete. Also habt Geduld und achtet auf die Rückmeldungen eures Pferdes.

Übt am besten nicht jeden Tag und nicht länger als 10 Minuten, sonst ist das Pferd irgendwann genervt. Gut sind nach einigen Übungseinheiten auch immer Pausen von ein paar Tagen oder Wochen. Danach klappt es fast immer besser, da die Pferde wieder motiviert sind.

Ziel: Das Pferd gibt dir auf Kommando einen Knutscher auf die Wange

Das hat Mambo an einem Tag gelernt. Ich hab ein Leckerchen genommen und es mir an die Wange gehalten. Mit dem anderen Finger hab ich darauf gezeigt und „Kussi" gesagt. Das hat er gleich verstanden. So hab ich es ein ein paarmal geübt, bis er mir einen richtigen Knutscher gegeben hat. Diese Reaktion hab ich ganz doll gelobt. Am nächsten Tag hat er es gleich wieder gemacht, als ich auf meine Wange gezeigt und das Kommando gegeben hab. Heute frisst er mich bei „Kussi" fast auf, er kommt mit seinen Zähnen auf mich zugeschossen, aber er bremst immer rechtzeitig ab und knibbelt dann ganz vorsichtig an meiner Wange.

Auf diesem Foto seht ihr, wie Mambo mir ein Küsschen gibt. (Foto: Manuel Schmidt)

So sieht es aus, wenn Mambo „Bitte, bitte" macht. (Foto: Manuel Schmidt)

no

Ziel: Das Pferd schüttelt auf Kommando den Kopf

Den Trick habe ich bei Fabi abgeguckt, die ihn Willox beigebracht hat. Sie hat ihn dazu am Ohr gekitzelt, sodass er den Kopf geschüttelt hat, und ein Kommando dazu gegeben. So wollte ich das bei Mambo aber nicht machen, ich hatte Sorge, dass er sich nachher nicht mehr am Ohr anfassen lässt. Also hab ich nur die Hand Richtung Ohr gehoben und geschnipst. Irgendwann hat er daraufhin den Kopf geschüttelt. Das hab ich sofort belohnt und „No" dazu gesagt. Mittlerweile macht er das Kopfschütteln auf Schnipsen oder Kommando.

bitte, bitte

Ziel: Das Pferd hebt abwechselnd die Vorderbeine, wenn du sie antippst oder darauf zeigst

Das hatte Katrin ihm schon beigebracht, was ich aber nicht wusste. Ich habe Mambo zuerst unten am Röhrbein mit der Gerte angetippt. Kennen die Pferde das nicht, scharren sie meist nur oder bewegen sonst irgendwie den Fuß. Diese Reaktion musst du gleich loben. Mit der Zeit lernt das Pferd, den Fuß immer höher zu heben. Mambo hat gleich den Fuß gehoben, weil er es ja schon kannte. Ich hab das Ganze noch mit einem Kommando verbunden. Heute muss ich nur noch mit dem Finger auf sein Bein zeigen oder selbst das Bein heben, dann macht er schon „Bitte, bitte".

Kompliment

Ziel: Das Pferd kniet sich auf Kommando auf ein Bein und streckt das andere vor

Das Kompliment gehört schon zu den anspruchsvolleren Lektionen. Mambo war da anfangs ein ganz schöner Schisser. Er hatte wohl aufgrund seiner alten Verletzung Angst, dass ihm dabei etwas wehtun könnte. Natürlich habe ich immer nur auf weichem Untergrund geübt!

Schritt 1: Ihr nehmt das rechte oder linke Vorderbein wie zum Hufkratzen auf. Dabei könnt ihr das Gewicht des Pferdes schon leicht nach hinten verlagern.

Schritt 2: Ihr bietet dem Pferd bei aufgehaltenem Bein ein Leckerli zwischen den Vorderbeinen an. Will es sich das holen, muss es seinen Kopf quasi zwischen die Beine stecken, das eine Bein vorstrecken und sein Gewicht nach hinten schieben. Mambo wollte allerdings nie unten bleiben, er hat sich nur das Leckerli mit spitzen Lippen geschnappt und ist panisch wieder hochgesprungen. Ich hatte das Gefühl, es ist ihm unangenehm, wenn er auf einem Bein viel Last hat. Es hat ungefähr ein Jahr gedauert, bis er unten geblieben ist. Ich habe jeden kleinen Fortschritt überschwänglich gelobt, und irgendwann hat er sich bis ganz auf den Boden runtergetraut. Heute macht er das Kompliment nicht immer hundertprozentig, aber grundsätzlich kann er es, wir üben halt nicht so konsequent. Aber wenn ich sein Bein antippe, geht er von allein runter. Darauf bin ich total stolz.

(Foto: privat)

das KANNST DU AUCH PROBIEREN

halsringreiten

❤ Das Reiten mit Halsring habe ich mal auf YouTube gesehen und wollte es sofort nachmachen. Es sieht so frei und leicht aus, aber ich sag euch gleich: Ganz so einfach ist es nicht. Fabi hat es später mal auf Mambo probiert, als ich schon viel mit ihm geübt hatte. Aber sie musste sich echt dran gewöhnen, das Lenken hat nicht sofort funktioniert. Auch das hat mir damals niemand gezeigt. Ich musste es selbst ausprobieren. Beim ersten Mal hab ich gleich die Trense gegen Halsring getauscht, aber damit waren sowohl Mambo als auch ich überfordert. Mambo wusste nicht, was ich von ihm wollte. Er hat kaum auf meine Schenkelhilfen reagiert, und statt locker draufzusitzen, musste ich ihn um die Kurven ziehen – oder er ist gleich nur noch da hingelaufen, wo er wollte. Die ersten Schrittausritte hat er zügig selbst beendet und ist einfach nach Hause marschiert, da konnte ich nichts machen. Ich bin die Sache dann anders angegangen. Geübt wurde erst mal auf dem umzäunten Platz, außerdem hab ich zusätzlich zum Halsring die Trense draufgemacht, mit der ich meine Hilfen unterstützen konnte. Er musste ja erst mal verstehen, dass er beim Anlegen des Rings am Hals in die andere Richtung abbiegen soll. Die Zügelhilfen habe ich langsam reduziert, bis er es kapiert hat. Als ich auf dem Platz mit Halsring im Schritt, Trab und Galopp reiten und die Richtung wechseln konnte, habe ich mich wieder ins Gelände gewagt, anfangs mit Trense und Halsring, dann mit Halfter und Halsring. Das erste Mal nur mit Halsring draußen war ich auf dem Hof, auf den wir damals umziehen mussten. Von dem Tag gibt's noch ein Video, da bin ich kurzfristig mal abgesprungen und durch eine Pfütze geschlittert,

So sah mein erstes Mal Halsringreiten auf dem Stoppelfeld aus. Hat super geklappt! Aber wir hatten ja auch vorher lange geübt. (Foto: privat)

weil wir noch leichte Abstimmungsprobleme hatten. Aber Mambo war dabei so süß, ich hab mich fast totgelacht. Danach ging es immer besser. Anfangs war ich nur im Schritt draußen, dann bin ich mal getrabt. Später wurden die Runden größer und ich bin auch galoppiert. Oft war auch jemand dabei, der gefilmt hat; ich wollte sehen, wie Mambo mit dem Halsring läuft. Bei Schwierigkeiten hätte er schnell eingreifen können. Heute gehen Mambo und ich ohne Probleme allein mit Halsring raus.

Mambos Galopp ist nicht ganz leicht zu sitzen. Trotzdem fühle ich mich auch ohne Sattel ganz sicher auf seinem Rücken. (Foto: privat)

ohne Sattel reiten

❤ Viele wollen wissen, wieso ich so gut ohne Sattel reiten kann. Die Antwort: Weil ich es oft geübt habe. Das ist wirklich das einzige Geheimnis. Ich habe es bei meiner Schwester gesehen und wollte es auch können. Also hab ich einfach damit angefangen. Erst natürlich im Schritt, dann im Trab, irgendwann im Galopp. Weil ich Mambos Galopp vorher mit Sattel schon gut sitzen konnte (was echt eine Herausforderung ist), konnte mich eigentlich nichts mehr schocken. Ich bin sogar schon ohne Sattel gesprungen, da lernt man, die Knie schön dranzubehalten. Wichtig beim Reiten ohne Sattel ist, dass man immer entspannt sitzt und darauf achtet, dem Pferd nicht ins Kreuz zu plumpsen. Es gibt auch bei uns Tage, da merke ich: Heute ist Mambo irgendwie verspannt und nicht gut zu sitzen. Dann steige ich lieber ab. Damit man die Beine lang lässt und nicht im Knie klemmt, kann man zwischendurch mit Gewichten an den Stiefeln reiten, das haben Fabi und ich zumindest gemacht.

Auch ins Gelände gehe ich immer wieder ohne Sattel, auch größere Runden. Klar gibt es Momente, wo Mambo im Galopp guckt oder ausweicht. Dann wölbt er den Rücken so komisch auf, aber er hat noch nie versucht, mich abzusetzen.

Als ich keinen passenden Sattel hatte und oft ohne geritten bin, habe ich mich irgendwann auf dem blanken Pferderücken sogar sicherer gefühlt als im Sattel, man hat einen viel direkteren Kontakt zum Pferd und kann sich besser auf seine Reaktionen einstellen. Was man allerdings bedenken sollte: Nicht jedes Pferd ist ohne Sattel angenehm zu reiten. Mambo hat einen gut bemuskelten geraden Rücken ohne viel Widerrist, das ist günstig. Aber auch wenn die Voraussetzungen stimmen, müssen sich die Pferde, genau wie die Reiter, erst daran gewöhnen. Viele Pferde sind anfangs unsicher und laufen verhalten, weil das Gefühl auch für sie neu ist.

mein TRAINING MIT MAMBO

(Foto: Alexandra Evang)

Für mich ist es das Wichtigste, dass Mambo locker und zufrieden und ohne Druck läuft. Er soll den Rücken aufwölben und leicht in die Dehnungshaltung finden, nur so werde ich ihn lange gesund reiten können. Alles, was so gepresst wirkt, lehne ich ab. Leider sieht man auf Abreiteplätzen öfter, dass Pferde zusammengezogen werden und total verspannt laufen, das finde ich ganz schrecklich. Ich möchte gar nicht wissen, wie die zu Hause ohne Zuschauer reiten. Ein paarmal hab ich in solchen Fällen auch was gesagt, selbst wenn ich nur als Begleitung für Fabi dabei war. So was kann ich echt nicht sehen.

Zum Training gehören regelmäßige Pausen für das Pferd unbedingt dazu. Nur dann bleibt es Pferd entspannt und kann Muskulatur aufbauen. (Foto: Alexandra Evang)

Damit Mambo Spaß an der Arbeit hat, trainiere ich möglichst abwechslungsreich. Ein- bis zweimal pro Woche longiere ich ihn, dreimal reite ich ihn dressurmäßig auf dem Platz oder in der Halle. Dazu gehe ich viel ins Gelände.
Das Dressurtraining kann auch mal ganz kurz sein. Dann reite ich nur Schritt, Trab, Galopp auf jeder Hand und gehe anschließend ins Feld, wo ich ihn noch mal entspannt galoppieren lasse. Oder ich mache gleich einen längeren Ausritt. Ab und zu hat Mambo auch einen Ruhetag, dann darf er einfach nur auf die Koppel oder auf seinen Paddock. Manchmal setze ich mich dann zu ihm, schaue ihm beim Fressen oder Dösen zu, genieße die Sonne und das Zusammensein mit ihm. Es gibt für mich nichts Schöneres, als einfach bei ihm zu sein, seine Nähe zu spüren, ohne etwas von ihm zu wollen.

longieren

In meiner Anfangszeit mit Mambo hatte ich wenig Ahnung vom Longieren und hab das ungern und selten gemacht. Mambo lief früher mit einer Longierhilfe, die den Aufbau der Rückenmuskeln unterstützen sollte. Aber die mochte er nicht so gern, damit hat er sich verspannt. Heute longiere ich ihn nur am Halfter. Allerdings will ich mir demnächst einen Kappzaum zulegen, weil die Arbeit damit effektiver sein soll.
Mir ist wichtig, dass Mambo beim Longieren Kopf und Hals nach unten dehnt und sich selbst trägt. Diese Dehnungshaltung hat er ziemlich leicht von allein gelernt. Ich habe ihn immer gelobt, wenn er

von sich aus einen Moment schön gelaufen ist und den Weg nach unten gesucht hat. Dazu habe ich ein Kommando gegeben: „Komm, komm." Mit der Zeit hat Mambo diese Haltung immer öfter eingenommen, heute streckt er sich bei „Komm" von allein in die Dehnungshaltung und bleibt da auch. Dabei schlurft er nicht mit tiefem Kopf, sondern er schiebt schön von hinten, trägt sich und spannt die Halsmuskeln an. Das Kommando kann ich übrigens auch vom Sattel aus geben, dann dehnt er sich ebenfalls nach unten.

Um Hinterhand und Koordination zu schulen, lasse ich Mambo beim Longieren gerne über Stangen traben. Galoppieren muss er nicht viel, meist nur eine halbe Runde, dann pariere ich wieder durch. Der Kreis ist ja doch recht eng und Mambo hat so einen großen Galopp. Ich will seine Gelenke keinesfalls überlasten. Heute macht mir das Longieren jedenfalls Spaß, weil Mambo dabei so schön mitmacht.

gelände

Ich finde es total wichtig, regelmäßig auszureiten. Mambo mag das sehr gerne und ich finde Ausreiten auch total schön – man erlebt dabei die unterschiedlichen Jahreszeiten so intensiv, spürt Sonne, Wind und Regen. Manchmal unternehmen wir nur gemütliche Schrittrunden nach dem Training, dann wieder flotte Ausritte mit vielen Trab- und Galoppstrecken, bergauf und bergab. Draußen reite ich manchmal ganz frei, also nur mit Halsring und ohne Sattel, manchmal mit ganz normaler Ausrüstung.

Mambo ist im Gelände meistens gemütlich unterwegs, auch wenn er, gerade auf dem Heimweg, schon mal richtig aufdrehen kann. Aber nie so, dass ich die Kontrolle verlieren würde, nie bös. Letztens bin ich eine etwas aufgedrehte Haflingerstute geritten, die auf dem Rückweg schier ausgeflippt ist. Da war ich wieder sehr froh über meinen zuverlässigen Mambo, mit dem ich jederzeit allein rausgehen kann.

Manchmal reite ich auch mit einer Gruppe aus. Das geht mit Mambo, auch wenn er mit anderen natürlich aufgekratzter ist.

Mambo ist draußen echt top, erst letztens bin ich mit ihm ohne Probleme durchs Dorf geritten. Vor Lkws hat er allerdings immer noch ein bisschen Bammel, ebenso vor lauten Autos oder Treckern. Nähert sich so was, muss ich aufpassen und auf einen Satz oder Traben auf der Stelle gefasst sein. Aber er würde nie durchgehen. Kühe sind auch nicht seine besten Freunde, selbst Schafe sind dem Dicken nicht ganz geheuer, da hält er lieber Abstand.

dressur

Ungefähr zwei Jahre lang hatte ich mit Mambo regelmäßig Reitunterricht bei uns am Hof, erst in der Gruppe, später zu zweit, was viel effektiver war. Als ich Mambo angefangen habe zu reiten, war er noch nicht fertig ausgebildet. Vor allem mit dem Linksgalopp hatte er lange Probleme. Grundsätzlich kann er besser traben als galoppieren oder Schritt gehen, das ist rassebedingt. Im Unterricht haben wir ein Jahr lang hauptsächlich daran gearbeitet, dass

Mambo sich loslässt und locker wird. Dabei haben Tempowechsel und Übergänge sehr geholfen. Ich habe ihn zum Beispiel im Trab etwas zurückgenommen und dann wieder vorgeschickt. Oder ich bin häufig Übergänge vom Schritt zum Trab und andersrum oder vom Galopp zum Trab, vom Trab zum Galopp geritten. Richtig gut klappt das alles aber erst, seit wir den neuen Sattel haben, denn jetzt lässt er den Rücken richtig los.
Ein lockeres Pferd erreicht man vor allem durch richtiges Lösen am Anfang der Stunde.
Die Lösungsphase dauert bei mir zwischen 20 und 30 Minuten und sieht ungefähr so aus:

Seit wir den neuen Sattel haben, lässt Mambo im Training den Rücken richtig los. Dadurch ist er jetzt noch angenehmer zu sitzen.
(Foto: Alexandra Evang)

1 10 bis 15 Minuten fleißiger Schritt am langen Zügel. Währenddessen viele Bahnfiguren und Handwechsel reiten. Nach ungefähr zehn Minuten nehme ich die Zügel etwas auf und baue Schenkelweichen und Kurzkehrt mit ein. Das Schenkelweichen ist eine lösende Lektion, das Kurzkehrt eine versammelnde.

2 Im Trab vorwärts-abwärts reiten, fleißig, damit er sich ans Gebiss dehnt. Hier ebenfalls Handwechsel, Bahnfiguren und Übergänge einbringen. Wenn Mambo sich nach unten strecken will, lasse ich ihn auch.

3 Vorwärts-abwärts im Galopp. Das ist für die Pferde gar nicht so einfach, mit Mambo musste ich eine Weile üben, bis er sich im Galopp am langen Zügel ausbalancieren konnte.

Mambo ist im Schritt manchmal ziemlich faul, das ist so gar nicht seine Gangart. Er schleicht dann wirklich daher. Am Anfang der Stunde darf er das auch. Spätestens wenn ich die Zügel aufnehme, weiß er, dass die Arbeit losgeht, und dann wacht er auf. Im Trab kommt er richtig in Schwung und ist dann vor lauter Eifer manchmal kaum noch zu bremsen. Da muss man sich mit der Zeit einfühlen, was er zum jeweiligen Zeitpunkt braucht.
Durch das Einzeltraining konnten wir irgendwann in E-Prüfungen starten.
2013/14 hatte Mambo ja leider verletzungs- und krankheitsbedingt einige Schonpausen. Die waren manchmal auch länger, denn mir ist es wichtig, dass er sich wirklich komplett erholt. Die Kehrseite ist, dass Mambo in diesen Pausen Muskeln abbaut, gerade am Rücken und am Po. Um die Hinterhandmuskulatur aufzubauen, habe ich mir ein spezielles Trainingsprogramm überlegt. Unser Wochenprogramm in dieser Zeit sah so aus:
- Zweimal entspannt ins Gelände (auch viel ohne Sattel). Im Gelände suche ich mir schöne Strecken aus, wo wir länger im Schritt einen Berg hochreiten können, das bringt Muckis!

- Zweimal Longieren über Stangen/Cavalettis,
- an den anderen Tagen Dressurtraining mit viiiiel vorwärts-abwärts und Stangenarbeit. Nur die letzten 10 bis 15 Minuten nehme ich Mambo etwas mehr auf. Mit diesem Programm war Mambo nach drei bis vier Wochen wieder viel kräftiger.

Ab 2013 habe ich weniger Unterricht genommen, nur noch vier bis fünf Stunden im Jahr. Zum einen war das Geld durch die Tierarztkosten knapp, zum anderen gehörte er jetzt mir und ich wollte ein paar Dinge mit ihm ausprobieren, die Zeit mit ihm genießen und auf meine Art mit ihm zusammenfinden. Mittlerweile habe ich mich von E- auf A-Niveau hochgearbeitet und mir verschiedene Sachen selbst beigebracht. Dabei hat mir sehr geholfen, andere (gute) Reiter zu beobachten. Ich schaue mir genau an, wie sie bestimmte Lektionen reiten, und versuche dann, es nachzumachen. Wenn es auf eine Art nicht geht, probiere ich es anders, so wie ich es auch bei den Zirkustricks gemacht habe. Dass mein Sitz ohne Unterricht nicht schlechter geworden ist, kommt sicher einmal dadurch, dass ich viel ohne Sattel reite und deshalb gut im Gleichgewicht sitze. Zum anderen sehe ich mich durch unsere ganzen Filme und Fotos sehr oft von außen und erkenne sofort, wenn etwas falsch ist, und versuche das zu verbessern. Zum Beispiel bin ich im Galopp eine Zeitlang nach vorne gekippt. Wenn Mambo in Prüfungen nicht vorne laufen durfte, hat er im Galopp richtig viel Kraft entwickelt, sich aufs Gebiss gelehnt und mich nach vorne gezogen. Das hab ich erst gar nicht so gemerkt, aber dann wurde es mir gesagt und ich hab es auf den Bildern gesehen. Ab da habe ich mich bemüht, bewusst hintendrin sitzen zu bleiben und die Hände vorne zu lassen. Mambo hat das ziemlich schnell kapiert und sich dann wieder mehr selbst getragen.

Ruhepause für Mambo. Er ist im Schritt manchmal faul.
(Foto: Alexandra Evang)

Wenn ich die Zügel aufnehme, weiß er aber: „Jetzt geht es los", und dann wacht er schnell auf.
(Foto: Alexandra Evang)

Hier seht ihr uns bei einem Dressur-Seminar in einer richtig schönen Bergaufgaloppade. Wir mussten lange trainieren, damit das so gut klappt. (Foto: Alexandra Evang)

Um in A-Prüfungen zu starten, haben wir zum Beispiel das Zulegen und Tritteverlängern geübt, das ist für einen Friesen nicht so einfach. Wir sind viele Tempovariationen geritten, mit Annehmen und Nachgeben habe ich ihn zurückgenommen und dann wieder vorgeschickt, im Trab und im Galopp. Das klappt heute noch nicht hundertprozentig, aber wir üben weiter daran, jetzt wieder mit meiner Reitlehrerin zusammen. Auch Schenkelweichen im Schritt und Trab stand auf dem Programm, zum Beispiel Viereck verkleinern und vergrößern. Dabei wird das Pferd seitlich nach rechts und links verschoben. Mit Schulterherein habe ich auch angefangen, die Lektion gehört zu den Seitengängen. Wie der Name schon sagt, führe ich die Schulter des Pferdes dabei nach innen, sodass das Pferd auf drei Hufspuren läuft.

Als Vorbereitung auf eine L-Dressur trainieren wir zurzeit den Außengalopp, das bedeutet, dass das Pferd auf der linken Hand im Rechtsgalopp läuft und andersherum. Dazu ändere ich einfach die Hilfen und gebe auf der rechten Hand die Hilfen zum Linksgalopp. Grundsätzlich versteht Mambo das zwar, aber nicht so richtig. Zwischendurch habe ich nämlich mal einen Fehler gemacht. Ich wollte Mambo ziemlich früh fliegende Galoppwechsel beibringen, dass er also in der Luft vom Links- in den Rechtsgalopp springt. Mambo hatte aber noch Schwierigkeiten mit dem Linksgalopp und hat die Übung nicht richtig verstanden. Er ist immer nur vorne umgesprungen und war dann im Kreuzgalopp. Wenn ich heute im Außengalopp durch die Bahn wechseln will, springt er nur vorne um, aber hinten nicht. Dann muss ich ihn anhalten und neu

Alli, Jennys Reitlehrerin

Jenny und Mambo sind beide sensibel, feinfühlig und aufmerksam und ein sehr ausdrucksstarkes, harmonisches Paar. Die reiterlichen Stärken liegen bei beiden in der Dressur, wobei Mambo auch sehr gut springt. Aber auf Dauer ist das aufgrund seines Körperbaus und seiner Gesundheit nicht zu empfehlen, da steht die Dressur klar im Vordergrund. Jenny hat ihn bisher eher lang und in Dehnungshaltung gearbeitet, um ihn über den Rücken zu reiten, was ihr auch schön gelingt. Nun muss sie anfangen, Mambo mehr aufzurichten und zu versammeln. Er sollte eine gesunde Grundspannung aufbauen und lernen, mehr Last aufzunehmen – und trotzdem den Rücken dabei nicht festhalten, was bei Friesen nicht einfach ist. Durch die gute Vorarbeit kann das aber mit richtigem, regelmäßigem Training gelingen.

Jenny hat einen gesunden Ehrgeiz und ist von ihren Ansichten her klar und realistisch. Durch ihre Bekanntheit hat sie sich nicht verändert, sie will nach wie vor alles richtig und ordentlich machen. Was ich ihr wünsche: Dass sie weiter so viel Freude an Mambo hat, egal in welcher Form. Dass sie sich in der Dressur weiterentwickelt und gleichzeitig Mambos Grenzen akzeptiert – aber da bin ich zuversichtlich.

Und natürlich, dass sie beide gesund bleiben!

angaloppieren. Gerade weiß ich nicht, wie ich das rauskriegen soll. Mit meiner Reitlehrerin finden wir sicher eine Lösung.

Weiter üben wir Kurzkehrt, eine Wendung im Schritt um das innere Hinterbein, und Galopp-Schritt-Übergänge. Letztere sind für Friesen extrem schwer, weil sie so hoch angaloppieren und eine große Galoppade haben, da ist gerade das Herunterschalten vom Galopp in den Schritt schwierig.

springen

Mambo ist das erste Pferd, mit dem ich gern springe, er kann das auch gut. Leider habe ich anfangs den Fehler gemacht, nur einzelne Sprünge mit ihm zu üben. Die waren nicht hoch, nur E-Niveau, aber es ging eben immer nur um die Höhe, nicht um Distanzen und Kombinationen, die hab ich völlig vernachlässigt. Katrin hat mich dann zu richtigen Springstunden verdonnert. Direkt in der ersten Stunde haben sich meine Fehler gezeigt ...

Mambo kam mit den Kombinationen überhaupt nicht zurecht, ist immer ausgebrochen und hatte total Angst. Ungefähr fünf Stunden lang war das ein richtiger Kampf, auch eine gute Springreiterin von unserem Hof hat es mit ihm nicht hingekriegt. Wenn der Dicke nicht will, will er nicht! Nach einer Springpause von ungefähr einem Monat ging es dann plötzlich wesentlich besser! Heute springt Mambo auf A-Niveau, höher soll es auch nicht werden.

Momentan machen wir eine Springpause. Zum einen hab ich noch keinen passenden Sattel, zum anderen komme ich im Moment nicht dazu.

Auch Mambo macht das Springen Spaß. Das ist ungewöhnlich für einen Friesen. (Foto: privat)

Wenn ich wieder anfange, würde ich aber nicht öfter als ein- bis zweimal pro Woche trainieren, ich will Mambo nicht zu stark belasten. Stangenarbeit baue ich dagegen regelmäßig ins Dressurtraining oder ins Longieren ein, das bringt Abwechslung. Mambo war bei der Stangen-Gymnastik unter dem Sattel im Galopp eine Zeitlang etwas unentspannt. Er ist zwischen den Stangen schnell kopflos geworden, losgeflitzt und kam dann erst recht unpassend zum Absprung. Danach landete er häufig im Kreuzgalopp. Warum er das gemacht hat, weiß ich nicht, vielleicht lag das auch am unpassenden Sattel. Ich habe dann für ihn versucht, mehr Ruhe in die Trainingseinheit zu bringen. Zum Beispiel habe ich an verschiedenen Stellen in der Halle Trabstangen hingelegt und dazu noch zwei niedrige Kreuzsprünge und einen Steilsprung aufgebaut. Wenn er sich über den Trabstangen aufregte und losrennen wollte, habe ich mit ihm geredet, ihn beruhigt und es noch mal probiert, meist klappte es dann schon deutlich besser. Zum Abschluss habe ich noch ein paar entspannte Sprünge gemacht und dann gleich aufgehört und ihn erst mal ordentlich geknutscht und gekuschelt. Mittlerweile ist er ruhiger geworden, er macht sich nicht mehr so viel Stress, vielleicht, weil er gemerkt hat, dass er es gut kann.

der richtige TRAINER

Einen guten Trainer zu finden, der einen wirklich voranbringt, ist gar nicht so leicht. Mir ist es wichtig, dass ein Trainer nicht megastreng ist, denn dann mache ich irgendwann dicht. Trotzdem muss er energisch sein und mir auch mal „in den Hintern treten", damit ich über meinen Schatten springe. Außerdem wünsche ich mir, dass er viel erklärt, die Theorie darf nicht zu kurz kommen. Darauf achtet Alli, unsere Reitlehrerin am Hof, sehr. Bei ihr reite ich immer noch gerne. Sie erklärt genau, wie man etwas machen soll und warum. Das finde ich gut, denn sonst versteht man die Hilfengebung nicht richtig und vergisst sie auch schnell wieder.

Ich bin ja eine Zeitlang ohne Reitlehrer geritten, habe mir aber bei guten Reitern manches abgeschaut. Ein richtiges Vorbild hatte ich lange nicht. Klar hab ich mal den einen oder anderen bekannten Spring- oder Dressurreiter gesehen, aber die reiten super ausgebildete Sportpferde, keine Friesen. Irgendwann bin ich auf Uta Gräf gestoßen. Ihre Art zu reiten gefällt mir sehr gut, sie ist fein in der Hilfengebung, ihre Pferde laufen ohne Zwang und sind trotzdem sehr erfolgreich. Und sie ist offen für viele Rassen. Nie hätte ich gedacht, dass ich mal bei ihr reiten darf, und dann hat es doch geklappt! Meine Reitstunde bei ihr war ein echtes Highlight. Eine Freundin von mir hat ihr Pferd auf einem Hof stehen, auf dem Uta Gräf regelmäßig Reitstunden gibt. Bei einem dieser Kurse ist jemand abgesprungen und meine Freundin fragte mich, ob ich spontan Lust hätte mitzumachen – na klar! Mambo war zwar nach der Sattelgeschichte noch nicht wieder richtig im Training, aber die Gelegenheit wollte ich mir nicht entgehen lassen.

Nach der langen Lahmheitsphase beobachtete ich immer mit Argusaugen, ob Mambo auch richtig läuft. Aber Uta Gräf meinte gleich beim Warmreiten: „Alles in Ordnung, er geht prima." Zuerst sollte man ein bisschen was über sich und sein Pferd erzählen. Ich berichtete, dass ich Mambo übernommen hatte, als er noch nicht fertig ausgebildet war, und seitdem vieles selbst mit ihm erarbeitet habe. Dann ging's los. Zuerst hat sie sich einfach angeschaut, wie ich ihn reite. „Der Galopp ist noch ein bisschen zu groß, um ihn zu versammeln", war ihr Kommentar. Sie hat mir dann tolle Tipps gegeben, wie ich Mambos Galoppsprünge verkürzen kann. Ich sollte erst mal im Trab auf ein ruhiges Tempo achten, in leichter Stellung reiten und dabei mit dem inneren Schenkel treiben, sodass Mambo in schöner Aufrichtung geht. Aus diesem ruhigen Trab mit leichter Schultervor-Stellung sollte ich immer wieder für drei bis vier Sprünge angaloppieren.

Auf diese Art hat Mambo ein paar schöne gesetzte Galoppsprünge geschafft.

Uta Gräf gibt einfach tollen Unterricht und hat mir viele Anregungen gegeben, mit denen ich selbst weiterüben kann. Gerne würde ich öfter bei ihr reiten, aber sie ist sehr ausgebucht.

Das ist meine Trainerin Alli mit ihrem Pferd Mephisto. Er war auch mal mein Pflegepferd. (Foto: Alexandra Evang)

185

turniere

(Foto: privat)

In der Zwischenzeit starten Mambo und ich schon bei A* Springen. Das ist für einen Friesen schon sehr gut. (Foto: privat)

„Mit einem Friesen wirst du es auf Turnieren nicht leicht haben." Das war die Meinung der anderen am Anfang. Davon habe ich mich aber nicht abhalten lassen. Turniererfolge sind sowieso nicht das Wichtigste für mich, ich muss nicht jedes Wochenende aufs Turnier fahren. Wenn ich ab und zu starten kann, reicht mir das. Ich freue mich, wenn ich mit Mambo eine kleine Turniersaison zusammenkriege, Neues sehe und etwas ausprobieren kann.
Mit einem Friesen ist man nie ein „normaler" Starter, sondern immer ein Exot, und das kann positiv oder negativ sein. Sicher, es gibt Richter, die gar nicht hinsehen, wenn sie wissen, dass ein Friese startet. Einmal hatte ich richtig Pech. Da bin ich bei einem Springen in der Halle wider Erwarten richtig gut geritten und war ganz stolz. Mit Mambo war es bei Auswärtsturnieren in fremden Hallen nämlich manchmal eine Katastrophe, da hatte er Schiss. Aber der Richter hat das überhaupt nicht gewürdigt, ich glaube, der wollte nicht sehen, dass auch ein Friese springen kann.
Es gibt allerdings genauso Richter, die eine besondere Rasse gerade gut finden und gespannt sind, wie wir die Aufgaben meistern. „Das ist ja der Hammer, wie der springt", war ein Kommentar von einem Richter nach der Prüfung. In der Dressur meinte einer: „Er läuft wirklich schön, vielleicht etwas schnell, aber prima in der Anlehnung." Das hat mich ermutigt, mit Mambo weiterzuarbeiten. Aktuell starte ich in Dressur A** und im Springen A*.
Fabi sagt mir auf dem Abreiteplatz manchmal, dass ich Mambo mehr aufnehmen und aufrichten soll, damit er sich in der Prüfung besser präsentiert. Aber mir ist es momentan wichtiger, dass er entspannt läuft – auch wenn er dann eher brav wirkt. Unser nächstes Ziel ist eine L-Dressur. Ich weiß, das ist für einen Friesen schon anspruchsvoll. Die Versammlung liegt ihnen zwar, weil sie vom Körperbau her recht kurz sind. Viele haben auch einen hoch angesetzten Hals, sodass man sie schön aufrichten kann. Letzteres ist bei Mambo anders. Sein Hals ist eher normal. Und die Versammlung fällt ihm noch schwer, gerade im Galopp. Auf der anderen Seite werden in der L-Dressur Verstärkungen gefragt, zum Beispiel im Trab, was für Friesen ebenfalls nicht einfach ist. Sie haben nicht so lange, elastische Gänge wie ein Warmblut, sondern heben die Beine höher. Aber wir müssen es mit der L-Prüfung nicht unbedingt dieses Jahr schaffen, wir haben ja noch Zeit.

vorbereitung UND ABLAUF

Dressurprüfungen finden meistens morgens, also Samstag- oder Sonntagmorgen statt, die Springprüfungen sind zu unterschiedlichen Zeiten, auch mal nachmittags. Ist die Prüfung gleich morgens, beginnen die Turniervorbereitungen am Tag vorher abends. Ich putze Mambo gründlich und Fabi flicht seine Mähne ein. Ich selbst kann das überhaupt nicht gut und bin daran schon mal fast verzweifelt. Mambos Mähne ist so dick und widerborstig, da stehen immer irgendwo Strähnen raus. Fabi dagegen macht das total gerne und ihre Zöpfchen sind perfekt. „Du kannst mich morgens wecken und zehn Pferde einflechten lassen, das macht mir nichts aus", sagt sie immer. Und da sie selbst gerade keine Turniere reitet, stürzt sie sich mit Vorliebe auf Mambo.

Ich packe in der Zeit alle Sachen zusammen, die wir am Turnierplatz brauchen, also Sattelzeug, Bandagen, Gamaschen, Abschwitzdecke, Putzzeug und für mich die Turnierkleidung: weiße Reithosen, Reitstiefel, Bluse, Jackett, Handschuhe. Ich schreibe mir vorher alles genau auf einen Block auf, aber trotzdem vergesse ich immer irgendwas. Manche Turniere sind deshalb echt chaotisch. Letztes Mal habe ich meine Tasche im Stall hängen lassen und das Jackett im anderen Auto vergessen. Meine Schwester musste eine halbe Stunde vor Prüfungsbeginn zurückrasen und es holen. Kurz vor Prüfungsbeginn habe ich es übergestreift.

Am Turniertag selbst geht es oft in aller Frühe los. Das Verladen klappt heute in Windeseile, Mambo läuft quasi allein in den Hänger.

Bei meinem ersten Turnier 2010 war ich super aufgeregt, weil ich nicht wusste, wie sich Mambo als Hengst auswärts verhält. Er blieb cool. Wenn man nicht gewußt hätte, dass er ein Hengst ist, hätte man es nicht geglaubt. (Foto: privat)

Fabi hilft mir beim Einflechten der Mähne, und auch auf dem Turnier steht sie mir immer mit Rat und Tat zur Seite.

Papa ist immer unser Chauffeur. Bei ihm ist Mambo ganz ruhig auf dem Hänger.

Das war nicht immer so. Hänger fahren konnte Mambo zwar schon als junges Pferd, denn Katrin hat es früh mit ihm geübt. Aber dann ist er ein paarmal mit Leuten gefahren, die nicht so vorsichtig waren. Seitdem kam er überall nur noch klatschnass geschwitzt an und wollte auch nicht mehr in den Hänger. Ich habe das Verladen oft mit ihm geübt, aber er brauchte immer drei bis vier Anläufe. Erst seit er ausschließlich mit meinem Papa fährt, sind die Probleme verschwunden. Mein Papa ist ein sehr vorsichtiger, umsichtiger Fahrer und beherrscht den Hänger in jeder Situation. Er ist früher Lkw und Traktor gefahren und hat ein Händchen für alle Arten von Fahrzeugen.

Heute kommt Mambo immer trocken und entspannt am Ziel an. Zwischenzeitlich hat auch meine Mutter schon zweimal den Hänger gefahren; sie fährt ebenfalls obervorsichtig, und auch bei ihr ist Mambo total entspannt – die letzte Fahrt ging über fast eineinhalb Stunden durch teils enge Gassen, und Mambo stieg aus, als wäre nichts gewesen. Überhaupt empfindet Mambo ein Turnier nicht als stressig. Der ist da ziemlich entspannt. Ich mache mir eher einen Kopf. Früher war ich vor einem Start ganz schlimm aufgeregt, heute geht es besser. Da freue ich mich eher und will meinen Spaß haben. Wenn es ein größeres Turnier ist oder ich eine anspruchsvollere Prüfung reite, bin ich aber schon noch nervös.

Am Turnierplatz angekommen, putze ich Mambo noch einmal über, entferne das letzte Heu und Stroh aus Fell und Mähne und sattle ihn. Meistens weiß ich schon aus dem Internet, als wievielte Starterin ich dran bin. Manchmal bleibt noch Zeit, ein paar anderen Teilnehmern zuzugucken. Ungefähr eine halbe Stunde vor Prüfungsbeginn fange ich mit dem Warmreiten an, damit Mambo locker und entspannt in die Prüfung geht. Ich reite erst mal lange Schritt, dann ein bisschen Trab und Galopp. Viele Lektionen übe ich vorher nicht, das braucht Mambo auch nicht.

Nach der Prüfung schaue ich, ob wir platziert sind. Wenn nicht, lade ich Mambo ziemlich bald wieder ein und wir fahren nach Hause. Ich will ihn nicht unnötig lange auf dem Parkplatz stehen lassen. Wenn wir platziert sind, gucke ich natürlich noch die Prüfung bis zu Ende an und reite dann mit Mambo zur Siegerehrung.

Beim Abreiten auf dem Turnier versuche ich vor allem, Mambo locker zu reiten. Ich freue mich über jeden kleinen Erfolg.

Auf diesem Foto sieht man Fabi beim letzten Turnier, das sie mit Mambo bestritten hat. Er ist so auf mich fixiert, dass er sich bei Fabis Turnierstart nur mäßig Mühe gegeben hat. (Fotos: privat)

Da wird man einzeln aufgerufen, reitet vor und bekommt seine Schleife angesteckt: eine goldene für den ersten Platz, eine silberne für den zweiten, die Plätze 3, 4 und 5 sind weiß, blau und rot, alle danach bekommen grüne Schleifen. Anschließend ertönt Musik und wir reiten eine Ehrenrunde im Galopp, bei der Mambo, wie die meisten Pferde, flott unterwegs ist. Bisher habe ich erst einmal gewonnen, einen Reiterwettbewerb, da wurden Mambo und ich mit einer 8,0 bewertet. Maximal kann man zehn Punkte erreichen. Total Spaß gemacht hat auch unsere Teilnahme an einem Vierkampf. Das wird bei einem ziemlich großen Turnier hier in der Region angeboten. Dabei musste ich 1000 Meter laufen, 100 Meter schwimmen und anschließend eine E-Dressur und ein E-Springen reiten. Im Laufen und Schwimmen war ich Erste und Zweite, in der Dressur Neunte und beim Springen leider nicht platziert. Aber insgesamt bin ich trotzdem Zweite geworden.

Fabi ist auch mal mit Mambo auf einem Turnier gestartet – und hat prompt eine E-Dressur gewonnen. Da war ich im ersten Moment etwas angefressen. Warum schafft sie das und ich nicht? Vielleicht liegt es daran, dass Fabi auf Turnieren einen anderen „Biss" hat als ich. Für mich ist es okay, einfach dabei zu sein und mit Mambo eine gute Zeit zu haben. Wenn wir platziert werden, freue ich mich, aber ich erwarte das nicht von vornherein. Fabi dagegen hat die Einstellung: „Wenn ich starte, will ich auch gewinnen!" Sie will einfach etwas mit nach Hause nehmen, eine Schleife oder einen Pokal. Dabei ist sie nicht verbissen oder gemein zu dem Pferd, gar nicht, aber sie hat eben einen stärkeren Willen, und vielleicht spürt Mambo das. Früher war ich übrigens ähnlich. Ich habe viel Leichtathletik gemacht und Handball und Fußball gespielt; da war ich durchaus ehrgeizig und wollte gewinnen, sonst hatte ich gleich keine Lust mehr. Aber bei diesen Sportarten ging es ja nur um mich, um meinen Körper, den konnte ich quälen. Beim Reiten muss auch das Pferd mitspielen, und da habe ich schon früh gemerkt, dass ich mit so einer Einstellung nicht weit komme. Bei Mambo habe ich dann erst recht gedacht: „Okay, sei froh, wenn Mambo als Friese gut ankommt, das ist schon viel." Ich spekuliere einfach nicht mehr auf den Sieg, deshalb freue ich mich über jeden kleinen Erfolg.

(Foto: Alexandra Evang)

STECKBRIEF

Mambo

Geboren: 25.4. 2004
Friesengestüt Alzenau in Unterfranken

Rasse: Friese, reinrassig (trotz weißer Flocke auf der Stirn)

Größe: 1,62 Meter Stockmaß

Lieblingsessen: Bananen, dafür tut er alles

Beste Freunde: Sein Boxennachbar Waldi, Weidekumpel Willox

Status: Mambo ist kein Gewinner von Turnieren, sondern ein Gewinner der Herzen!

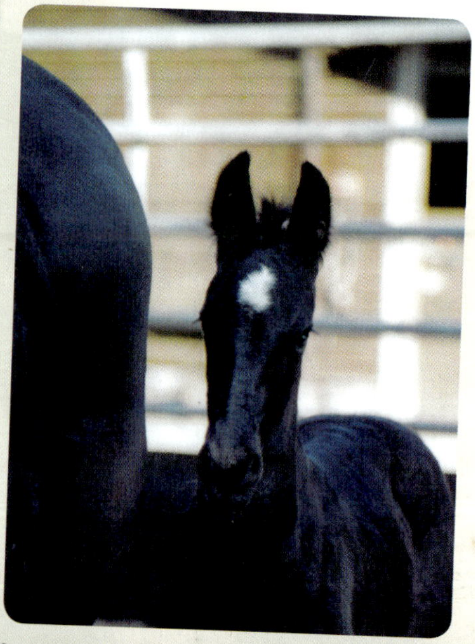

Auf diesem Foto ist Mambo vier Tage alt. Hier kann man seinen weißen Stern gut erkennen.

(Foto: Alex Schmucker)

achtung, HENGST!

10 Facts ABOUT MAMBO

- Sobald Mambo ein Halfter oder eine Trense anhat, ist er absolut zuverlässig.
- Das Auftrensen ist allerdings manchmal schwierig, er schlägt dabei gerne mit dem Kopf oder walzt los.
- Gutmütigkeit. Mambo hat noch nie ausgeschlagen, weder nach Menschen noch nach anderen Tieren. Ist auch bei fremden Reitern totbrav.
- Er hat für einen Friesen einen besonders feinen Kopf.
- Seine Augen sind eher klein, seine Ohren unterschiedlich groß.
- Er springt für einen Friesen sehr gut, mit rundem Rücken.
- Vor dem Sprung hat er noch nie verweigert, aber besonders früher ist er gerne mal vorbeigelaufen.
- In der Bodenarbeit ist er manchmal schwer zu motivieren, zum Beispiel zum Mittraben oder Galoppieren – das macht er nur für Bananen.
- Er wiehert selten nach Menschen, aber häufig nach anderen Pferden.
- Er wird sehr gerne am Popo gekrault!

Ich finde Hengste von ihrem Wesen her total ansprechend. Sie haben eine Mordsausstrahlung, präsentieren sich und man bekommt von ihnen „Feedback“. Viele Wallache sind dagegen etwas treudoof, sie zeigen sich nicht richtig. Stuten mag ich schon lieber, die können zwar auch mal zickig oder genervt sein, aber da kommt wenigstens etwas zurück, daran kann man arbeiten. Hengste, zumindest Mambo, sind nicht bös, aber sie haben Temperament und fahren schnell hoch. Nie würde ich ihm das austreiben wollen, im Gegenteil, ich bin stolz auf mein hübsches Pferd, wenn er so neben mir hertrabt. Ich möchte ein Pferd mit Ausstrahlung und eigener Persönlichkeit, keine Maschine.

Mambo ist ein ruhiger, umgänglicher Hengst, was auch typisch für Friesen ist. Trotzdem musste ich anfangs einiges im Umgang mit ihm lernen, ich hatte ja keine Ahnung von Hengsten. Das Wichtigste ist, konsequent mit ihm zu sein, also wirklich darauf zu bestehen, dass er sich an der Hand und unter dem Sattel so benimmt, wie er es gelernt hat. Katrin hat mir zum Beispiel gezeigt, wie ich ihn beim Führen schnell wieder auf mich konzentrieren kann, falls er abgelenkt ist. Indem ich die linke Hand vor sein Auge hebe, zeige ich ihm: Hier bin ich, hör mir zu. Herumschreien oder gar schlagen ist bei ihm völlig überflüssig, er reagiert schon auf eine lautere Stimme. Katrin sagte immer: „So, Bub, jetzt ist mal gut!“

Mambo knibbelt nicht wie viele Hengste an Menschen oder deren Kleidung herum – er hat noch nie seine Zähne gegenüber einem Menschen benutzt, auch nicht, um ihn zu necken.
Zum Glück war er nie so ein „Einzelhaft-Hengst".
Als Fohlen stand Mambo mit seinem Bruder (auch Hengst) in einer Herde, und später war er mit zwei Wallachen zusammen. Anfangs ging das gut, aber irgendwann wurde Mambo hengstiger. Außerdem langweilt er sich schnell auf der Koppel, und dann wird er nervig. Deshalb stand er dann erst mal allein, aber immer neben oder in Sichtkontakt zu anderen. Damit ist er super klargekommen und es war entspannter für ihn.

Als Mambo älter wurde, fing er an, andere Pferde auch mal zu ärgern. (Foto: Agata Pawelek)

Bis zum Alter von drei oder vier Jahren lebte Mambo mit seinem Bruder Macho auf einer Koppel. (Foto: Alex Schmucker)

Dieses Jahr probieren wir, ob es mit Willox auf der Koppel klappt. Beim Anweiden haben sich die beiden super verstanden und sind über die Wiese gefetzt. Ich hoffe, Mambos Spieltrieb geht nicht wieder mit ihm durch, wenn das Gras kürzer ist. Dann müssten wir die beiden trennen, bevor Willi Stress bekommt oder sich gar verletzt.
Die Hengsthaltung auf unserem Hof ist unproblematisch, alle kennen Mambo schon lange und er war ja von Anfang an gut erzogen. Aber auch bei uns gab und gibt es Vorbehalte gegenüber Hengsten, die Hofbetreiberin wollte eigentlich nie einen bei sich aufnehmen. Mambo ist eine der wenigen Ausnahmen, weil er sich nie sonderlich aufführt, auch bei Stuten nicht. Ich glaube, er hat lange gar nicht gecheckt, dass er ein Hengst ist – bis er einmal aus Versehen neben rossige Stuten gestellt wurde. Seitdem ist er im Frühling schon mal munter und in Flirtlaune, aber er schreit nur und baut sich auf, er hat sich noch nie losgerissen oder ist abgehauen. Unterschätzen darf man Mambo natürlich nicht,

Leider wurden Mambo und Macho getrennt, als Machos Besitzerin umzog. (Foto: Agatha Pawelek)

man hat schließlich 500 Kilo Pferd neben oder unter sich. Aber ich kenne ihn mittlerweile wirklich gut und weiß, was ich mit ihm machen kann und was nicht. Im Zweifel steige ich lieber mal ab, gerade an Stellen, wo er sich gern aufregt. Heute krieg ich das gut hin und hab ihn auch schnell mental wieder „bei mir". Letztes Jahr war das nicht so einfach. Hengste kommen mit ungefähr neun Jahren in die Pubertät und werden dann noch mal richtig schwierig. Das wusste ich aber damals nicht. Sein „Flegeljahr" fing ausgerechnet dann an, als er fast mir gehörte. Mambo hat damals in manchen Situationen komplett abgeschaltet und war nicht mehr zu erreichen. So kannte ich ihn gar nicht. Da hab ich mich schon gefragt, ob ich irgendwas falsch mache, ob Katrin ihn vielleicht besser im Griff gehabt hätte. Aber zum Glück hat sich die Phase wieder gelegt. Heute ist Mambo sehr auf mich fixiert. Kein Wunder, ich bin ja auch jeden Tag bei ihm.

Jennys Mama

Letztens im Frühjahr rief ich Jenny an, als sie gerade Mambo zur Weide führte. „Könnte gleich lauter werden", warnte sie mich, und da hörte ich auch schon sein trompetendes Wiehern. Dann Stille.
„Jenny?" Nichts mehr. Etwas später ruft sie mich zurück. Mambo hatte Stuten auf der Weide entdeckt und musste sich in Pose werfen. Dabei ist ihr Handy in den Matsch geflogen, denn sie brauchte beide Hände, um ihn festzuhalten …

(Foto: Alexandra Evang)

extra:

FRIESEN

Mit ihrem lackschwarzen Fell und der wallenden Mähne, ihrer stolzen Haltung und den beeindruckenden Gängen sind Friesen für viele das Traumpferd schlechthin. Dazu haben Friesen ein angenehmes Temperament und gelten als freundlich und menschenbezogen – Stuten ebenso wie Hengste! Friesen sind eine der ältesten Pferderassen Europas. Sie stammen aus den Niederlanden, genauer aus der Provinz Friesland, wie ihr Name schon sagt. Gleichzeitig sind sie auch die einzige Pferderasse aus den Niederlanden.

Erste Hinweise auf friesländische Pferde gab es schon ungefähr 3000 Jahre vor Christus. Später wurde aus dem einfachen Landpferd ein repräsentatives Ritterpferd, das stabil und kräftig sein musste, um einen Ritter mit Rüstung zu tragen. Im 16. und 17. Jahrhundert wurden die Niederlande von Spanien besetzt und man kreuzte spanische Pferde in den Friesen ein, wodurch er einen hübschen Kopf, große Augen und hohe Gänge mit viel Knieaktion bekam. Anfang des letzten Jahrhunderts wurde der Friese gerne als Wagenpferd eingesetzt, denn die Adligen fuhren nun lieber Kutsche, als selbst zu reiten. Mit Beginn der Industrialisierung schwand der Bedarf an Kutschpferden und die Friesenzucht ging immer mehr zurück. 1913 gab es nur noch drei friesische Hengste. Engagierte Züchter beschlossen, die Rasse zu retten. Dazu wollten sie aber kein fremdes Blut einkreuzen, sondern bauten die Rasse allein aus den bestehenden Pferden wieder auf. Heutige Friesen müssen vollkommen schwarz sein, nur ein kleiner weißer Stern auf der Stirn ist gestattet. Das war früher anders, bis 1928 gab es auch braune und fuchsfarbene Friesen. Die Größe liegt bei 156-165 Zentimetern, wobei heute gerne auch größere Friesen mit einem Stockmaß von 170 Zentimetern gezüchtet werden. Ihre Mähne und ihr Schweif sind sehr lang und dicht, außerdem haben sie einen langen Behang an den Beinen. Die spektakulären Gänge und das Talent für die Hohe Schule machen den Friesen zu einem beliebten Show- und Dressurpferd, aber auch vor der Kutsche wird er gern eingesetzt – und als Familienpferd sowieso. Im Allgemeinen sind Friesen sehr robust und gesund. Es heißt, sie sind die „Elefanten" unter den Pferden, denn eine schlechte Erfahrung vergessen sie nie.

Die Zuchthengste werden bei den Friesen sehr genau geprüft und nach strengen Kriterien ausgewählt. Sie müssen eine schwierige Reitprüfung bestehen. Außerdem werden ihr Gebäude, ihre Gangarten, aber auch das Stallbetragen und der Arbeitswille bewertet. Zuchthengst darf nur bleiben, wer überzeugende Nachkommen präsentieren kann.

Heute gibt es ungefähr 60.000 Friesen in über 50 Ländern.

(Foto: Alexandra Evang)

so lebt MAMBO

Mambo ist auf einem Reiterhof in der Nähe von Frankfurt zu Hause, dort, wo ich schon als Kind reiten gelernt habe.
Der Hof liegt im Naturpark Hessischer Spessart, ist umgeben von hügeligen Wäldern und Wiesen, aber gleichzeitig nah an der Stadt.

Durch ein schmiedeeisernes Tor tritt man auf das Hofgelände. Der Blick fällt zuerst auf alte Fachwerkgebäude, was echt idyllisch wirkt. Um einen großen Innenhof mit Kopfsteinpflaster und Baum in der Mitte gruppieren sich bunt zusammengewürfelte Gebäude und Stalltrakte. Alles ist sauber, aber nicht steril, es ist ein charmanter Familienbetrieb. Auch die Leute dort mag ich. Über die Jahre sind viele Freundschaften entstanden.
Auf dem Hof stehen ungefähr 30 Pferde, darunter auch Fabis Pflegepferde Willox und Diego. Der größte Teil besteht aus Freizeitreitern. Es gibt auch ein paar Westernreiter und nur wenige Turnierreiter. Will man zu Mambo, geht man zuerst durch einen größeren viereckigen Stalltrakt. Mambos Box liegt dahinter, quasi „um die Ecke". Er ist also nicht mitten im Geschehen, hat aber alles gut im Blick. Allein ist er dort hinten nicht, sein bester Freund Waldi, ein 8-jähriger Schimmelpony-Wallach, steht direkt nebenan, durch eine Verwinkelung der Boxen haben sie vollen Kopf- beziehungsweise Nasenkontakt. Der Stall hat hohe Decken und ist sehr luftig.

(Foto: privat)

(Foto: Alexandra Evang)

Jeden Mittag kommt Mambo für mehrere Stunden aufs Paddock oder im Sommer auf die Weide. Zum Paddock gelangt man quer über den Hof und durch einen großen Tordurchgang. Dahinter liegen die sonnigen Sandpaddocks. Mambo hat immer rechts und links Gesellschaft. Am liebsten lässt er sich entspannt in der Sonne braten, obwohl er als Friese Hitze gar nicht so gut verträgt und sich auch unter die schattigen Bäume stellen könnte.
Auf dem Hof gibt es einen Allwetter-Reitplatz mit den Maßen 20 x 40 Meter und einen Roundpen. Außerdem haben wir eine ziemlich neue Reithalle mit daran angrenzendem Außenplatz. Bevor ihr zu neidisch werdet: Ich kann auch nicht immer reiten, wenn ich Lust hab, denn auf dem Hof findet in der Woche jeden Nachmittag Reitunterricht auf Schulpferden statt. Oft muss ich dann bis abends warten, weil die Halle besetzt ist. Gerade im Hochsommer oder im Winter reite ich am liebsten drinnen, denn auf dem Platz nerven die Fliegen, es ist zu heiß oder zu kalt.
Das Gelände rund um den Hof ist zum Ausreiten sehr gut. Nur wenige Wege sind geschottert, Mambo muss nur auf Wurzeln achten.
In der Anfangszeit mit Mambo bin ich zweimal täglich zum Stall gefahren, heute fahre ich meistens „nur" noch einmal täglich. Oft bin ich dann dafür vier bis fünf Stunden da, denn wenn Fabi und ich gegenseitig Fotos oder Filme machen, kann das dauern. Außerdem miste ich immer selber Mambos Box. Da bin ich wahrscheinlich etwas pingelig, aber so weiß ich, dass es wirklich gut gemacht ist – auch wenn bei uns am Stall natürlich ordentlich gemistet wird! Ich möchte, dass Mambo schön weich liegt und nicht ausrutschen kann, da habe ich durch den Boxenunfall meines früheren Pflegepferdes ein leichtes Trauma. Dafür bekomme ich regelmäßig Tadel, weil ich viel zu viel Stroh einstreue – daran muss ich noch arbeiten.

Ein Tag im Leben von Mambo:

7:00 *Mambo bekommt sein Frühstücksheu in seiner Box, dazu sein Futter.*

11:00 *Die zweite Heuration wird geliefert.*

12:00 *oder* ***12:30*** *Jetzt geht's raus aufs Paddock oder im Sommer auf die Weide.*

18:00 *oder* ***19:00*** *Zurück in den Stall, meistens folgt jetzt eine Trainingseinheit, in den Ferien reite ich gern vormittags.*

ca. 20:00 *Abendheu und Futter, danach Nachtruhe*

Futter

Mambo bekommt dreimal am Tag eine Heuportion, außerdem kann er immer ein bisschen an seiner Stroh-Einstreu knabbern. Früher hat er Kraftfutter bekommen, und zwar nicht wenig. Das hat er ganz gut weggesteckt, aber er war trotz aller Muskeln immer ein bisschen speckig. Als dann die Gelenkprobleme auftraten, habe ich mich vom Tierarzt zur

Statt Kraftfutter bekommt Mambo heute nur noch Rote-Bete-Chips und frisches Obst und Gemüse. (Foto: Alexandra Evang)

Fütterung beraten lassen. Er fand es besser, das Kraftfutter komplett wegzulassen, in den meisten Mischungen wären sowieso zu viel unnütze Zutaten. Als Friese hat Mambo auch einen ziemlich empfindlichen Magen. Vor einer Kolik habe ich total Horror, denn viele Friesen überleben eine Kolik-OP nicht.
Eine Zeitlang hat Mambo statt Kraftfutter Luzerne bekommen, aber heute füttere ich nur noch Rote-Bete-Chips und frisches Obst und Gemüse: Karotten, ab und zu Äpfel (nur wenig, sie sollen Mauke fördern) sowie Bananen. Dazu gibt es Mineralbricks. Die tun ihm gut, habe ich festgestellt. Ohne sie fehlt ihm was. Seit Neuestem bekommt er noch Ingwer- und Teufelskralle-Pellets. Die sollen die Gelenkfunktion unterstützen und ich habe tatsächlich das Gefühl, dass er seitdem besser läuft. Außerdem gebe ich immer einen Schuss Leinöl über das Futter, dadurch glänzt sein Fell schön.
Mit diesem Futter ist Mambo schlanker und noch sportlicher geworden, im Moment sieht er richtig gut aus.

Pflege

Mambo neigt wie viele Friesen zu Mauke, vor allem in der „Matschzeit". Deshalb halte ich den Behang hinten kurz und rasiere die Fesselbeuge, sodass Luft drankommt und sich keine Feuchtigkeit darin sammeln kann. Zeigen sich erste Maukeanzeichen, behandle ich sie mit einer medizinischen Zinksalbe. Für seinen Schweif benutze ich immer ein Schweifspray, sonst kann ich ihn gar nicht durchkämmen, so dick ist er. Den Schweifansatz und auch den Mähnenkamm massiere ich ab und zu mit Birkenhaarwasser. Das hilft gegen Juckreiz, und diese kleinen Schüppchen verschwinden.

Mambos Mähne schneide ich ungefähr handbreit ab. Das finden viele schrecklich, aber Mambo hat keine besonders schöne Mähne, sie ist zipfelig und nicht so dicht. Außerdem stört eine längere Mähne beim Reiten, und kurz ist sie auch besser einzuflechten für Turniere. Nur den Schopf lasse ich wachsen. Der ist schön lang, dicht und wellig. Die Haarspitzen färben sich im Sommer leicht rötlich, was ich süß finde.

Mambos Fell putze ich ganz normal mit Striegel und Kardätsche. Auf schwarzem Fell sieht man natürlich Staub sehr gut, deshalb fahre ich anschließend noch mit einem Lammfellschwamm darüber. Oft werde ich gefragt, wieso Mambos Fell so glänzt. Das kommt durch die Leinölfütterung!

Wenn er in der kalten und regnerischen Zeit öfter eine Decke trägt, ist das Fell an manchen Stellen besonders staubig, da wische ich dann mit einem Feuchttuch drüber.

Decken, Bandagen & Co.

Wenn es regnerisch und kühl ist oder die Temperatur unter 0 Grad fällt, bekommt Mambo eine Decke auf. Ich habe bemerkt, dass seine Rückenmuskeln beim Reiten sonst verspannt sind.

Wie alle Pferde liebt Mambo das Wälzen im Sand. (Foto: privat)

Manchmal stelle ich ihn zusätzlich vor der Arbeit unters Solarium, sodass seine Muskeln auch schön warm sind.
Bei wärmeren Temperaturen wird er nicht eingedeckt. Friesen sind hitzeempfindlich, ihnen wird schnell zu warm. Anfangs musste ich mit dem Ein- und Abdecken etwas herumprobieren, aber mittlerweile weiß ich ziemlich genau, wann er die Decke braucht und wann nicht.
Ich lasse Mambo regelmäßig scheren. Im Winter trocknet er dann nach dem Training besser, im Sommer wird ihm nicht so schnell warm. Ich habe richtig gemerkt, wie erleichtert er war und wie viel besser er lief, als er nach den ersten warmen Tagen geschoren wurde.
Vor dem Reiten und Longieren ziehe ich Mambo immer Gamaschen an, da er sich mit den Hinterhufen an den Vorderbeinen streicht. Wir haben das mit dem Hufschmied besprochen und es ist auch schon besser geworden aber er braucht einen Schutz, damit er sich nicht selbst reintritt. Für einen Fototermin bandagiere ich ihn meist, das sieht hübscher aus, ist aber zeitaufwendiger.
Auf der Weide hat Mambo nichts drauf, das finde ich überflüssig. Nur zum Anweiden hat er Springglocken oder Gamaschen an, da er dann voller Übermut ist und gerne wild durch die Gegend hüpft.

Mambo ist an allen vier Hufen beschlagen. Das muss leider sein, da hier bei uns die Böden härter sind und er sich sonst schnell ein Hufgeschwür zuziehen würde. (Foto: Alexandra Evang)

Hufeisen

Mambo hatte die ersten sechs Jahre keine Eisen, denn er stand in einer Gegend mit Sandböden und brauchte keinen Hufschutz. Hier bei uns sind die Böden härter, es gibt Steine und Wurzeln, damit kam er nach seinem Umzug nicht mehr so gut zurecht, er „autschte" häufig. Ab da wurde er beschlagen. Im Winter haben wir die Eisen immer für zwei bis drei Monate runtergemacht, damit sich die Hufe erholen können und damit der Schnee in den Eisen nicht aufstollt. Einmal haben wir mit dem Beschlag nach dem Winter etwas zu lange gewartet, und prompt hat er sich eine Hufprellung zugezogen. Mambo galoppiert halt wie ein Berserker über alles drüber. Aber er zeigt einem dann auch, wann es wieder Zeit für Eisen ist, dann läuft er insgesamt vorsichtiger. Besser ist aber wohl, nicht zu oft zwischen Beschlag und barhuf zu wechseln. Ich werde nächsten Winter die Eisen entweder schon früher, im Herbst, runtermachen, oder sie durchgängig drauflassen. Da muss ich aber noch überlegen, wie ich es im Schnee mache.
Für Mambo finde ich einen Beschlag gut, auch seine Hufform hat sich dadurch positiv verändert, vor allem seine Hinterhufe sind nicht mehr so extrem steil und hoch.

Auf Beton oder Stein rutscht er mit den Eisen zwar ein bisschen, aber so einen Untergrund gibt es eigentlich nur bei uns auf dem Innenhof, und da laufen wir eben vorsichtig.

Wer kümmert sich

Tierarzt: Mein Tierarzt kennt Mambo schon von Fohlen an, was für mich hilfreich ist. Ich bin sehr zufrieden mit ihm. Solange er weitermacht, werde ich bei ihm bleiben.

Physiotherapeutin: Sie ist eine Bekannte von meiner Mutter und behandelt sowohl Hunde als auch Pferde. Wenn ich das Gefühl habe, dass bei Mambo etwas klemmt, lasse ich sie mal draufschauen. Sie hat mir auch in der Phase mit dem unpassenden Sattel sehr geholfen.

Zahnarzt: Hier habe ich eine Tierärztin empfohlen bekommen, die eine Zusatzausbildung zur Pferdedentistin und Chiropraktikerin hat. Ihre Zahnbehandlung bei Mambo hat mir gut gefallen, sie hat das sehr ruhig und gründlich gemacht.

Hufschmied: Er hat Mambo das erste Mal beschlagen und ist auch heute noch bei uns.

meine MEINUNG ZU ...

Gebiss

Mambo wird mit einer doppelt gebrochenen Wassertrense geritten. Ganz am Anfang hatte er eine Schenkeltrense, die für junge Pferde prima ist, weil sie mehr Führung bietet. Anschließend bekam er eine einfach gebrochene Trense, aber heute benutze ich die doppelt gebrochene. Ich habe das Gefühl, dass er damit lieber läuft. Meine Gebisse sind eher dicker, weil sie so weicher in der Einwirkung sind. Für die Zukunft wünsche ich mir, Mambo mal auf Kandare zu reiten. Das werde ich aber nur zusammen mit meiner Reitlehrerin in Angriff nehmen. Mein Traum ist eine L-Dressur auf Kandare. Mambo ist mittlerweile sicher in der Anlehnung und lässt sich über den Sitz in die Versammlung holen, das sind schon mal gute Voraussetzungen.
Ich denke, wenn man eine ruhige und weiche Hand hat, ist eine Kandare vollkommen okay. Wenn man sie allerdings benutzt, um das Pferd zusammenzustellen oder in Anlehnung zu kriegen, wie man es oft sieht, ist das in meinen Augen Schwachsinn.

Sporen

Sporen benutze ich nicht durchgängig, ich reite zwischendurch immer wieder eine Weile ohne. Zum Erlernen neuer Dressurlektionen sind sie hilfreich, denn mit Sporen kann ich die Hilfen gezielter geben. Das ist für Mambo angenehmer, als wenn ich ihn mit den Hacken „bearbeiten“ muss, dann

Mit Sporen kann ich beim Erlernen neuer Lektionen Hilfen gezielter geben. Ich reite aber nicht immer mit Sporen. (Foto: privat)

klemmt er nämlich eher. Ich tippe ihn mit den Sporen immer nur kurz an, dann weiß er schon, was gemeint ist.
Sporen sind aber nicht zum Vorwärtstreiben geeignet, das geht besser mit den Beinen.
Früher habe ich stumpfe Sporen benutzt, Rädchensporen fand ich irgendwie brutal, ich dachte immer: „O Gott, wie kann man damit nur reiten!" Dann habe ich mich mal näher damit befasst, und eigentlich ist ja das Gegenteil der Fall. Das Rädchen gibt nämlich nach und rollt über das Fell ab, während der Dorn eher sticht. Mambo hat mir auch sofort gezeigt, dass er die Rädchensporen lieber mag, er hat feiner und nicht mehr so empfindlich darauf regiert.

Gerte

Eine Gerte habe ich immer dabei, aber ich benutze sie nicht oft. Manchmal ist sie praktisch, zum Beispiel bei Seitengängen, die Mambo noch schwerfallen. Mit der Gerte kann ich ihn gezielt zum Beispiel an der Hinterhand antippen, dann weiß er, was ich von ihm möchte.

Helm

Tja, zum Thema Helm hat sich meine Einstellung im wahrsten Sinn des Wortes schlagartig verändert. Früher bin ich oft ohne Helm geritten, gerade in den Dressurstunden, aber auch im Gelände – das sieht man auch in vielen alten Filmen. Warum ich ausgerechnet an dem Unfalltag einen Helm trug, weiß ich nicht genau. Wahrscheinlich, weil Mambo das Gelände an dem neuen Stall noch nicht so gut kannte und an dem Tag etwas aufgedreht war. Außerdem herrschte an dem Hof Helmpflicht für alle unter 18 Jahren – woran ich mich aber ehrlich gesagt nicht immer gehalten habe.
Ich habe mich auf Mambo einfach total sicher gefühlt und nie daran gedacht, dass was passieren könnte. Ich fand es toll, mit wehenden Haaren über ein Feld zu galoppieren. Nur zum Springen habe ich immer einen Helm getragen, darauf hat meine Mutter bestanden. Seit dem Unfall ist alles anders. Heute reite ich fast immer mit Helm, nur für kleine Schrittrunden lasse ich ihn mal weg. Ich weiß einfach, wie schnell etwas passieren kann, auch wenn man das Pferd noch so gut kennt. Heute finde ich Leute, die auf jungen oder schwierigen Pferden ohne Helm ins Gelände reiten oder springen, total leichtsinnig. Ich hoffe, sie müssen nicht so eine Erfahrung machen wie ich. Ohne Helm setze ich mich jedenfalls nicht mehr auf fremde Pferde. Seit meinem Unfall ist bei uns auf dem Hof ebenfalls Helmpflicht für alle Minderjährigen.

(Foto: Alexandra Evang)

be a STAR

(Foto: Alexandra Evang)

Facebook UND YOUTUBE

Mambo und ich haben heute über 70.000 Follower auf Facebook, was ich manchmal selbst noch unglaublich finde. Mein jüngster Fan, Lotte, ist zwei Jahre alt, und mein ältester Fan, von dem ich weiß, Hartmut, ist um die 60 Jahre alt. Sogar meine Großeltern sind meinetwegen Facebook beigetreten und meine Oma verfolgt und teilt alle meine Beiträge.

Viele wollen wissen, wie das angefangen hat, wie ich das geschafft habe. Dabei ist es gar nicht meine Absicht gewesen, so bekannt zu werden – es hat sich einfach ergeben!

Als Mambo meine Reitbeteiligung wurde, hat Fabienne öfter Fotos von ihm gemacht und kleine Filme gedreht, nur so aus Spaß. Ein paar haben wir auf YouTube hochgeladen, was vielen Leuten auf Anhieb gefallen hat. Also haben wir weitergemacht, und irgendwann hatten wir einen eigenen YouTube-Kanal, der nach meiner Schwester benannt ist – fabilein93. Die Abonnenten wurden immer mehr. Heute haben fast zehn Millionen Zuschauer unsere Filme gesehen. Unfassbar, oder?

Dann habe ich auf Facebook gesehen, dass ein Mädchen eine Seite für sein Pferd gemacht hat. Da wurde mir erst mal klar, was man da alles posten und hochladen kann. Zuerst habe ich auf meiner normalen Facebook-Seite ein Album für Mambo erstellt. Da waren ganz viele Bilder von ihm drin, und damit war es auch eine Art Fotoalbum für mich. Aber weil viele meiner Freunde sich gar nicht so für Pferde interessieren, habe ich 2012 mit einer eigenen Seite für Mambo angefangen.

Ich habe Fotos von ihm gepostet und etwas dazu geschrieben, und so wurde es immer mehr. WGGW, also dass man Internetseiten gegenseitig bewirbt, hab ich nie gemacht, ich binde den Leuten ungern etwas auf die Nase, was ihnen vielleicht gar nicht gefällt.

Als die Leute dann immer mehr Fragen gestellt haben und alles Mögliche über Mambo und mich wissen wollten, hab ich mit den Vlogs angefangen, den Video-Blogs. Darin beantworte ich alle Fragen, das geht schneller als schreiben.

Beliebt sind auch die „Follow me around" (FMA), da habe ich dann bei einem Ereignis (zum Beispiel Turnier oder Ausflug) die Kamera die ganze Zeit dabei, sodass die Leute alles genau mitkriegen.

Viele der Videos hat meine kleine Schwester Michelle gedreht, sie kann das mittlerweile richtig gut. Anfangs hatte sie nicht so die Ahnung, aber ich habe ihr gesagt, dass sie möglichst nicht wackeln und ranzoomen soll, damit nicht so viel Umgebung mit drauf ist. Jetzt hat sie einen sehr guten Blick für alle Details und hängt sich da richtig rein. Nur zu oft oder an eiskalten Wintertagen mag sie halt nicht filmen.

Die Videos schneide ich selbst, das kann ich ziemlich fix, anderen wird immer schwindelig, wenn sie mir dabei zusehen. Die Musik suche ich auch selbst aus. Mir ist es wichtig, dass sie zur Stimmung der Aufnahmen passt und nicht zu rockig ist. Bei den Videos bin ich Perfektionistin, wenn mir etwas nicht gefällt, mache ich es lieber noch mal komplett neu. Grundsätzlich muss man darauf achten, dass die Filme genug Abwechslung bieten. Man sollte also

Mambo hat seine eigene Facebook-Seite. Wir haben heute 70.000 Fans auf Facebook und fast zehn Millionen Zuschauer haben unsere Filme gesehen.
Foto: (Alexandra Evang)

nicht eine ganze Reitstunde in der Halle filmen, sondern noch einen Ausritt oder Bodenarbeit oder ein Turnier dazuschneiden. Im Winter ist es schwierig, da ist nicht so viel los und man kann nicht raus. Manchmal habe ich das Gefühl, dass die Videos dann langweiliger sind – aber ich gebe mir Mühe! Ich schreibe auch gerne, nur diese kilometerlangen Texte, die manche auf Facebook oder YouTube stellen, die mag ich nicht, und das lesen die Leute auch nicht. Man muss das richtige Maß finden, genau wie mit den Bildern. Zu viel von einem Tag oder einer Situation ist langweilig. Ich schreibe oder poste auch nicht jeden Tag etwas, das würde ich gar nicht schaffen, und manchmal gibt es einfach nichts Besonderes zu berichten.

Anfangs konnten mich die Leute auf Facebook noch persönlich anschreiben. Das wurde aber irgendwann zu viel, manchmal bekam ich bis zu 300 Nachrichten am Tag, nicht nur kurze Fragen, sondern oft richtig lange Texte. Da hab ich mich dann spätabends und am Wochenende hingesetzt und versucht, die abzuarbeiten. Aber ich kam nicht mehr hinterher, die Flut hat nicht aufgehört. Irgendwann habe ich die Funktion deaktiviert. Mir tat es leid, wenn ich manchen Leuten nicht antworten konnte, aber es ging einfach nicht. Schon bei den Kommentaren ist es schwierig, halbwegs regelmäßig zu antworten, oft blick ich einfach nicht mehr durch.

bekanntheit UND DIE SCHATTENSEITEN

Dass mich mittlerweile viele kennen, merke ich schon, und es ist ein ziemlich seltsames Gefühl. Letztens war ich mit gemütlichen Klamotten im Supermarkt einkaufen und bemerkte aus dem Augenwinkel, wie mich ein Mädchen anstarrte. „Bist du die Jenny von Mambo?", traute sie sich schließlich zu fragen. Krass! Oder an Fasching, da wollte ich eine Freundin im Nachbarort überraschen. Ich kenne dort niemanden, aber plötzlich meinte ein Mädchen zu mir: „O Gott, du bist doch die Jenny, oder?" Sie hat mich von Weitem erkannt, obwohl ich verkleidet war und eine Sonnenbrille aufhatte. Dann ist sie losgerast und hat ihre fünf Freudinnen geholt. Ganz krass war es auf dem CHIO in Aachen und auf der Equitana. Klar, da war abgesprochen, dass Fabi und ich uns mit Fans treffen, aber da kamen dann wirklich 200 bis 300 Leute – hauptsächlich natürlich jüngere Mädchen ;)

Teilweise haben sie eine halbe Stunde auf ein Autogramm gewartet. Ein paar haben sogar geweint vor Freude darüber, mich zu sehen. Die Mütter standen an der Seite und hatten keine Ahnung, wer wir überhaupt sind. Das musste unsere Mama denen erst mal erklären. Sogar mein Vater ist von den Mädchen erkannt worden!

Bisher gefällt mir unser „Ruhm“, ich will mich auf keinen Fall beschweren. Die Leute, die ich treffe, sind supernett. Manche vergöttern uns regelrecht, dabei mache ich doch nur ganz normale Sachen mit Mambo. Ich bin kein Star und will auch keiner sein. Ich war selbst eine kleine Reitschülerin, die andere angehimmelt hat. Ich hatte eben das Glück, ein Pferd wie Mambo zu treffen. Meine Eltern sehen das genauso, meine Mama sagt mir immer, ich solle mich von der ganzen Aufmerksamkeit nicht beeinflussen lassen und das Ganze nicht zu wichtig nehmen. Das tue ich auch nicht. Ich möchte so bodenständig bleiben und ich weiß, dass viele genau das an mir schätzen.

Dass jeder, der in der Öffentlichkeit steht, auch mit Kritik rechnen muss, habe ich sehr deutlich zu spüren bekommen. Nach dem Unfall habe ich beispielsweise einige richtig böse Nachrichten bekommen, nach dem Motto „Schade, dass du nicht gestorben bist“. Das fand ich sehr heftig. Vielleicht war es auch deshalb, weil unser Unfall in allen Pferdegruppen so präsent war und manche genervt hat. Aber es ist schon krass, wie grundlos böse manche gegen dich hetzen, obwohl sie dich überhaupt nicht persönlich kennen. Ich musste erst mal lernen, damit umzugehen. Anfangs hat mich das sehr getroffen, ich konnte manchmal gar nicht mehr schlafen. Kurz hatte ich da auch überlegt, mit der Seite aufzuhören. Ich habe mich so hilflos gefühlt.

Als wir die Fotos zu diesem Buch gemacht haben, kam dieses Mädchen vorbei, erkannte mich und wir haben ein paar Fotos miteinander gemacht. Manche Fans weinen sogar vor Freude, Mambo und mich zu treffen. Mambo, Fabi und ich, wir freuen uns dann immer und ich muss daran denken, dass ich selbst früher andere Reiterinnen genauso angehimmelt habe. Dabei hatte ich einfach nur Glück, so ein tolles Pferd wie Mambo getroffen zu haben. (Fotos: Alexandra Evang)

Manche sind vielleicht einfach neidisch. Sie sehen all die schönen Fotos, das tolle Pferd, aber sie checken nicht, dass bei uns auch nicht immer alles top ist.
Es gab sogar mal eine „Hater"-Gruppe gegen mich, die haben sich darüber aufgeregt, dass ich Mambo angeblich mit unpassendem Sattel auf dem Turnier reite. Natürlich fragen diese Leute nicht nach, was wirklich ist, sondern hetzen gleich los. Zum Glück gab es viele, die mich verteidigt haben. Durch diese Riesendiskussionen auf Facebook ist ja dann eine Firma, die weiterhin mein Sponsor ist, auf mich aufmerksam geworden – und hat mir meinen wertvollen Sattel zur Verfügung gestellt. Im Grunde haben mir die Hater also geholfen, aber schön ist das nicht. Ich leide darunter, auch wenn es etwas besser geworden ist.
Mittlerweile achte ich auch genauer darauf, was ich schreibe und wie ich es schreibe. Im Netz werden Dinge schnell falsch aufgefasst oder ausgelegt. Bilder ohne Helm etwa würde ich heute nicht mehr posten, das würde bestimmt Stress geben. Ich habe auch keine Lust, bestimmte Dinge, von denen ich überzeugt bin, stundenlang zu erklären oder mich für etwas zu rechtfertigen. Beispiel: Mambos Haltung. Dazu schreibe ich nur noch wenig, weil es immer Leute gibt, die mich da kritisieren. Klar, Mambo hat keine Paddockbox oder ist nicht 24 Stunden auf der Weide. Aber er hat viele Sozialkontakte, kommt regelmäßig raus und wird täglich abwechslungsreich trainiert. Mambo fühlt sich wohl und sieht gut aus. Das merke ich, denn ich mache ja täglich etwas mit ihm, mir fällt sofort auf, wenn etwas nicht stimmt. Ich kann es eben nicht allen recht machen, das geht nicht. Aber ich habe auch gemerkt, dass die, die auf meiner Seite stehen, deutlich in der Mehrzahl sind. Danke, Leute!

Jennys Mama

Bei heftigen Fällen habe ich mich auch schon mal eingeschaltet. Eine hat Jenny völlig grundlos als Tierquälerin bezeichnet, und zwar hartnäckig. Dieses Mädchen habe ich dann direkt kontaktiert und gesagt, wenn sie weiter quasi Rufmord betreibt, würde ich über eine Anzeige nachdenken. Sofort waren alle negativen Kommentare verschwunden und sie hat sich tausendmal entschuldigt. Nachdem wir alle Missverständnisse aus dem Weg räumen konnten, verfolgt sie mittlerweile interessiert Mambos Seite. Ich finde es wichtig, dass die Kids lernen, was im Internet okay ist und was nicht.

was ich mir FÜR DIE ZUKUNFT WÜNSCHE

(Foto: Lia´s Photografie | Lia Falinski)

Einen kleinen Traum werde ich mir vielleicht noch dieses Jahr erfüllen: mit Mambo ein paar Tage ans Meer fahren und dort reiten! Am liebsten wäre mir ein Strand irgendwo in Spanien, ich mag das Licht dort, die Wärme, die Wellen. Aber natürlich ist das viel zu weit weg, die Strapazen würde ich Mambo nicht zumuten. Andere Strände sind von uns aus auch nicht gerade um die Ecke. Vielleicht fahren wir nach Holland, die Nordsee gefällt mir. Willox und Fabi müssen mit. Zu viert ist es lustiger und wir brauchen Gesellschaft. Mambo ist in fremder Umgebung nämlich ein zartes Pflänzchen, mit einem Kumpel fühlt er sich sicherer. Auf unserem Hoffest würde ich mit Mambo gerne mal eine kleine Showeinlage machen – mit Halsringreiten und Zirkustricks, vielleicht zu Musik. Ich glaube, das würde ihm Spaß machen und mir sowieso. Ob es mit der L-Dressur dieses Jahr noch klappt? Mal sehen, nächstes Jahr ist es auch noch früh genug. Ansonsten wünsche ich mir am meisten, dass Mambo gesund bleibt!
In ferner Zukunft würde ich gern ein Fohlen von ihm ziehen. Den Gedanken, dass er irgendwann mal weg ist und nichts von ihm bleibt, finde ich sehr traurig. Mambos Fohlen wäre bestimmt auch etwas Besonderes, sicher würde es seinen tollen Charakter erben, vielleicht auch sein schönes weißes Abzeichen. Irgendeinen anderen Friesen würde ich nach Mambo übrigens nicht haben wollen. Ich bin kein spezieller Friesen-Fan, nur ein Mambo-Fan! Mit unseren Beiträgen auf Facebook und YouTube will ich noch eine Weile weitermachen, zumindest, solange wir dabei Spaß haben. Ich freue mich, wenn ich merke, dass es vielen Leuten gefällt, und es ist toll, die Unterstützung der Leute zu spüren. Manche schreiben, dass ich ihr Idol sei oder ihnen Lebensmut gäbe – das freut mich sehr,

(Foto: Kim Mayer Fotografie)

das team: MEINE FAMILIE

(Foto: privat)

denn das gibt dem, was ich mache, noch mehr Sinn. Ich weiß, dass ich großes Glück habe. Ohne meine Familie wäre die Geschichte mit Mambo anders ausgegangen. Alle waren und sind jederzeit für mich da und unterstützen mich, wo sie können: meine Eltern, die mich früher unzählige Male zum Stall gefahren haben, die mir Mambo geschenkt haben, die mich zu Turnieren begleiten, die ich immer alles fragen kann. Meine Schwestern, die meine Pferdeliebe teilen, die mir oft mit Mambo geholfen haben, die unseren Erfolg auf Facebook und YouTube erst möglich gemacht haben. Ich weiß, dass das nicht selbstverständlich ist. DANKE an euch alle, ihr seid die Besten!

Fabienne (GROSSE SCHWESTER)

„Mit dem Reiten begonnen habe ich zusammen mit Jenny. Nach unserer Schulpferde-Karriere bekam ich im Oktober 2008 ein richtig tolles Pflegepferd: den Wallach Nova. Die Besitzerin ist ihn nur freizeitmäßig am langen Zügel ins Gelände geritten und hat mir bei allem freie Hand gelassen. Mit Nova habe ich Dressurreitstunden genommen, bin gesprungen und durfte auf Turnieren starten. Über drei Jahre war er mein Pflegepferd. In dieser Zeit haben Jenny und ich mit den Filmen für YouTube angefangen. Als auf unserem Hof die Miete wegen der neuen Reithalle teurer wurde, musste Nova umziehen – genau wie Mambo. Jetzt mussten Jenny und ich zu weit auseinanderliegenden Höfen fahren. Zum Glück hatte ich da schon den Führerschein. Wir sind immer zuerst zu Mambo gefahren, haben ihn versorgt, und dann ging es weiter zu Nova. Leider fand ich viele Sachen auf dem neuen Hof von Nova nicht gut. Die Reithalle hatte zum Beispiel eine ganz niedrige Decke. Sollten die Pferde aufs Paddock, wurden einfach alle Boxentüren aufgemacht und die Pferde mussten allein rausrennen. Im Januar 2012 habe ich schweren Herzens mit der Reitbeteiligung bei Nova aufgehört und bin zurück auf unseren Hof. Dort gab es bald ein neues Pferd für mich: Calimero, ein 10-jähriger Fuchs und ehemaliges Schulpferd. Calimero war ziemlich speziell, er kannte keine Ausritte, erst recht nicht allein. Blieb er als einziges Pferd auf dem Platz zurück, hat er die ganze Zeit gewiehert. Einmal wollten Jenny und ich mit den Pferden Fotos machen, Jenny sollte auf Mambo von uns weggaloppieren. Da ist Calimero explodiert. Er ist gestiegen und hat so gebockt, dass ich runtergeflogen bin. Calimero ist dann bald verkauft worden, er hatte Arthrose und war nur noch als Freizeitpferd geeignet. Nach ihm hatte ich lange kein Pferd. Anschließend kam Chooper, ein gerade angerittenes deutsches Reitpferd, aber sehr cool. Den bin ich ungefähr ein Jahr in der Reitstunde geritten, bis die Besitzerin vom Hof weggegangen ist. Kaum war Chooper eine Woche fort, hat mich die Hofbesitzerin angerufen: „Wir haben ein neues Pferd, willst du es dir mal angucken?" Das war dann Willox, damals 8 Jahre alt und ein Riese mit 1,78 Meter Stockmaß. Es war Liebe auf den ersten Blick, sowohl mit dem Pferd als auch mit den Besitzern. Die sind beide total toll, bodenständig und sehr lieb mit Willi. Sie haben auf ihm quasi reiten gelernt. Willi ist sehr gut ausgebildet, bis L, aber er gerät im Training schnell unter Stress. Ich glaube, das ist bei

Fabi, Michelle und ich verstehen uns super. Und wir alle lieben Mambo. Deshalb sind wir auch so ein tolles Team. (Foto: Alexandra Evang)

ihm der Weltmeyer-Einfluss. Dieser Hengst ist ein toller Dressur-Vererber, aber seine Kinder können charakterlich schwierig sein. Im Gelände am langen Zügel ist Willox die Ruhe selbst, aber sobald man auf dem Platz die Zügel aufnimmt, verspannt er sich und scheint zu denken: „O Gott, ich muss arbeiten, was soll ich tun?“ Ich versuche, ihm mehr Ruhe zu geben. Mit Willi habe ich, ähnlich wie mit Nova, eine besondere Vertrauensbasis. Bei ihm könnte ich mir vorstellen, ihn mal ohne Sattel im Gelände zu reiten. Er hört sehr gut auf Stimme und ist draußen total unerschrocken. Letztes Jahr im Winter hat Willi eine Zeitlang gelahmt. Natürlich habe ich ihn trotzdem weiter versorgt, aber reiten konnte ich eben nicht. Da hat mich eine Frau im Stall angesprochen, ob ich ihr Pferd reiten will – so bin ich zu Diego gekommen, ebenfalls ein großes Warmblut. Er hat mehr Potenzial, als alle gedacht haben. Heute geht es Willi wieder bestens, und so habe ich zwei Pflegepferde, mit denen es total Spaß macht.

Willox hat genau wie Mambo eine eigene Facebook-Seite, deshalb filmen und fotografieren Jenny und ich uns oft gegenseitig. Das kann dann schon mal einige Stunden dauern ... Aber der Hof ist sowieso unser zweites Zuhause, wir haben da mittlerweile viele gute Freunde in unserem Alter, die wir alle schon lange kennen. Zum Teil machen die auch Bilder von uns oder wir für sie, das ist echt cool. „Zickenterror" gibt es bei uns kaum, wir haben uns richtig gut zusammengerauft.
Viele wollen wissen, ob ich eifersüchtig bin, weil Jenny ein eigenes Pferd hat und ich nicht. Die Antwort: Nein, überhaupt nicht! Zum einen: Willi ist fast wie mein eigenes Pferd, ich darf alles mit ihm machen – solange ich Bescheid sage ;). Ich starte mit Willi auf Turnieren, genauso wie bald mit Diego. Beide Besitzer haben auch nichts dagegen, dass ihre Pferde auf Facebook präsent sind. Im Gegenteil – sie freuen sich über schöne Fotos. Und ganz ehrlich: Wenn ich manchmal sehe, wie viel Arbeit, Zeit und Geld Jenny in Mambo investiert, bin ich fast ein bisschen froh, dass ich kein eigenes Pferd habe. Zumindest im Moment, denn grundsätzlich ist ein eigenes Pferd natürlich schon ein Traum. Bevor meine Eltern Mambo gekauft haben, haben sie uns gefragt, ob wir das okay finden. „Auf jeden Fall, das geht gar nicht anders!", lautete meine spontane Antwort. Ich hätte nicht gewusst, wie wir Jenny hätten beibringen sollen, dass Mambo weg ist. In den Videos sieht man ja, dass Jenny und ich uns gut verstehen. Eine Sache ist allerdings lustig: Wenn ich Jenny beim Reiten zuschaue, ist sie immer nervös, wir wissen beide nicht, woran das liegt. Oft klappen die Lektionen dann auch nicht. Wenn sie allein reitet oder andere zuschauen, ist das kein Problem, nur bei mir findet sie das schlimm. Vielleicht, weil ich die „große Schwester" bin?"

michelle
(KLEINE SCHWESTER)

„Ich reite auch, pausiere aber gerade, weil ich für meinen Realschulabschluss lernen muss. Angefangen habe ich wie meine Schwestern auf Schulpferden, allerdings etwas später als sie. Als ich einigermaßen sattelfest war, durfte ich mal Nova oder auch Mambo reiten. Das hat gut geklappt, passte aber zeitlich nicht immer. Auf den Schulpferden reite ich heute nicht mehr so gerne, es ist eben doch ein Unterschied, ob ich ein Pferd wie Mambo reite, der auf jeden kleinen Schenkeldruck reagiert, oder ein Schulpferd, dem man immer ganz deutlich Bescheid sagen muss. Manchen vertraue ich auch nicht, die bocken unvermittelt oder rasen los.

Das ist ein Foto aus der Zeit, wo Mambo noch Katrin gehörte. Hier sitzt meine kleine Schwester Michi im Sattel. (Foto: privat)

Das würde Mambo nie tun. Ich hab höchstens mal Bammel, wenn er sich innerhalb von Sekunden so aufbaut und wiehert, weil er irgendwas Interessantes gesehen hat. Er ist eben ein Hengst ... Auf dem Hofturnier bin ich auf ihm sogar mal Vierte geworden!
Ein Pflegepferd hatte ich bisher noch nicht, das ist bei uns auf dem Hof schwierig geworden, die meisten Pferde haben schon ihre Reitbeteiligungen. Letztlich bin ich auch nicht so ein hundertprozentiges Pferdemädchen wie meine Schwestern. Ich reite am liebsten bei schönem Wetter, bei Schnee und Regen zieht es mich nicht unbedingt zum Stall. Anders als meine Schwestern habe ich auch immer mittags zuerst Hausaufgaben gemacht und bin dann zum Stall gefahren und nicht umgekehrt. Trotzdem möchte ich nach meinem Schulabschluss wieder anfangen zu reiten. Vielleicht finde ich ja doch noch ein Pflegepferd, um das ich mich kümmern darf, oder ich reite wieder ab und zu auf Mambo. Auf ihm macht es einfach total viel Spaß.
Für Jenny habe ich viele Filme gemacht, vor allem als sie damals auf dem anderen Hof war, bin ich oft mitgegangen, weil Jenny da so allein war. Mittlerweile ist es wegen der Schule etwas weniger geworden. "

Auf diesem Foto, das ich selbst gemacht habe, sehr ihr meine Mama mit Mambo. (Foto: privat)

angelika
(MUTTER)

" Ich war genauso ein Pferdemädchen wie meine Töchter. Als Teenager hatte ich ein Pflegepony, eine Stute. Jede Weihnachten habe ich sie mir gewünscht. Bekommen habe ich sie nicht. Dann wurde sie verkauft.
Mit 19 Jahren ging ich für ein Jahr nach Toronto/Kanada und arbeitete dort auf einer Araber-Zuchtfarm. Der Farminhaber war gebürtiger Schweizer und von allen Pferdemenschen, die ich bisher kennenlernen durfte, mein absolutes Idol – er war so etwas wie ein Pferdeflüsterer, stets freundlich im Umgang mit seinen Pferden und kompetent in allen

Fragen rund um Haltung und Reiten. Er lebte diese Zucht, war damals kanadischer und amerikanischer Meister im Dressurreiten. Ich lernte unbeschreiblich viel in der Zeit bei ihm, insbesondere über den Umgang mit Hengsten.
Mehrfach begleitete ich ihn zu dem größten Araber-Ereignis der USA – dem Egyptian Event im Kentucky-Horsepark. Dort lernte ich die Welt der großen amerikanischen Araberzüchter kennen, unter ihnen Patrick Swayze: ein großes, nein, mein größtes Erlebnis. Am Schönsten fand ich auch damals schon die Hengste, die ganz dunklen oder schwarzen … seltsam, nicht wahr?
Nachdem ich diese professionelle Pferdewelt kennengelernt hatte, fand ich in Deutschland lange keinen Hof, der diesen Ansprüchen genügte. Erst der Hof, auf dem Mambo jetzt steht, war wieder nach meinem Geschmack.
Mambo hat schnell seinen Platz in meinem Herzen erobert, ich wäre bereit gewesen, einiges für ihn aufzugeben. Ich möchte, dass es ihm an nichts fehlt, denn er gehört zu unserer Familie und ich unterstütze und berate Jenny bei allem, was ihn betrifft. Nur im Reiten sind mir die Mädels haushoch überlegen.
Gerne begleite ich sie zu Turnieren und spiele da den „Turniertrottel". Auch wenn ich Herzklopfen habe, wenn Mambo im Anhänger fahren muss, und Herzrasen, sobald Jenny an der Reihe ist, genieße ich all die netten Menschen da draußen. Ich hoffe, dass es Mambo nie an etwas fehlen wird und er mit Jenny eine tolle gemeinsame Zukunft hat – egal, wie diese aussieht. Dazu brauchen die beiden keine Erfolge, keine Internetwelt und auch keinen Ruhm – Gesundheit und Glück reichen vollkommen aus. Und mich macht es glücklich, wenn meine Mädels glücklich sind und mir jeden Tag zeigen, dass unsere Familie intakt ist: kein Neid, keine Missgunst, jeder ist für jeden da. Fünf Simons gemeinsam durch dick und dünn. Was kann man als Mutter mehr wollen?"

claus (VATER)

„Ich habe in meinem Leben schon einiges gemacht, früher war ich Lkw-Fahrer, dann Lokführer bei der Bahn. Heute arbeite ich im Strafvollzug, ein Job, der mir Spaß macht. So pferdeverrückt wie die Frauen in der Familie bin ich nicht, aber ich mag Vierbeiner, vor allem meinen „Schwiegersohn" Mambo. Für mich darf ein Pferd allerdings ruhig groß sein, je größer, desto besser – das passt dann auch eher zu mir. Reiten tue ich allerdings nicht, ich habe nur ein paarmal draufgesessen. Meine Tante hatte früher zwei Pferde, und dann war ich einige Wochen mit meiner Frau auf der Pferdefarm in Kanada. Da haben wir mit Pfeil und Bogen Wölfe gejagt, was für ein Abenteuer! Auch wenn wir die Wölfe dann doch nicht gesehen haben. Da zu bleiben und Farmmanager zu werden, das wäre mein Traum gewesen, aber meine Frau wollte das nicht, ihrer Familie wegen. Familie war ihr damals und ist ihr bis heute das Wichtigste. Für Jenny und Mambo spiele ich oft den Fahrer und kutschiere sie zu Turnieren, wenn mein Dienstplan es zulässt."

Mein Papa hilft mir auch immer sehr – auch wenn er selbst nicht so viel Interesse an Pferden hat wie wir. Foto: (Alexandra Evang)

Das also ist Mambos und meine Geschichte.
Die Geschichte von einem ganz normalen Mädchen, das nichts ahnend in eine andere Welt eintaucht und plötzlich überall bekannt ist.
Das alles verdanke ich meiner Familie, Freunden und all den treuen Followern, die an uns glauben und Mambo und mich so lieben, wie wir sind.
Es hat mir gezeigt, dass das Leben Wege geht, die man nicht vorhersehen kann.

Es gab einige Höhen und Tiefen in den letzten Jahren, aber ich habe gelernt, dass man niemals aufgeben darf – es lohnt sich immer, zu kämpfen und an seine Träume zu glauben.
Denn manchmal werden Träume wahr – und mein Traum trägt einen Namen:

MAMBO

(Foto: Alexandra Evang)

CADMOS Home STORIES

the end